U0423966

雪候鸟

世间最温暖的归途

孙道荣散文精选集

孙道荣 著

華中科技大學出版社
http://www.hustp.com
中国·武汉

图书在版编目(CIP)数据

世间最温暖的归途：孙道荣散文精选集 / 孙道荣著. —武汉：华中科技大学出版社，2022.8

（雪候鸟）

ISBN 978-7-5680-8278-5

Ⅰ.①世… Ⅱ.①孙… Ⅲ.①散文集－中国－当代 Ⅳ.①I267

中国版本图书馆CIP数据核字（2022）第082719号

世间最温暖的归途：孙道荣散文精选集

Shijian zui Wennuan de Guitu: Sun daorong Sanwen Jingxuanji

孙道荣　著

策划编辑：娄志敏
责任编辑：娄志敏
封面设计：刘林子
责任校对：李　弋
责任监印：朱　玢
出版发行：华中科技大学出版社（中国・武汉）　电话：（027）81321913
　　　　　武汉市东湖新技术开发区华工科技园　邮编：430223
印　　刷：湖北新华印务有限公司
开　　本：880mm × 1230mm　1/32
印　　张：8
字　　数：157千字
版　　次：2022年8月第1版第1次印刷
定　　价：36.00元

序

Preface

离开家乡23年，再算上在外读大学的4年，我过往的生命中，过半时间，是在外乡度过的。

年轻的时候，一直梦想着离开家乡。19岁高考那年，填志愿，我填写的几乎都是离家很远的学校，一心远离家乡，远离父母，越远越好。最终却被省城的一所大学录取。远离，或者说逃离的梦，只算是实现了一半。

大学毕业后，我被分配回老家工作。回到了从小长大的环境，一切好像又回到了原点。我在老家工作了11年，先做警察，后做记者，其间，结婚生子，成为家庭的顶梁柱，单位的骨干，一切看起来稳定，祥和，称心顺意。没有人知道，在我35岁之前的那两年，我看报纸，只看广告；看广告，只看招聘信息；看招聘信息，只看省外的。我知道35岁是道坎，过了这个年龄，跳槽择业的机会就几乎没有了。那两年我唯一留意的，是我还能跳槽去哪儿。没错，谁也没察觉，“逃离”的念头，在我心底再次萌生，且这一次，尤其强烈。我一次次将求职材料，悄悄地发往省外各地。

我对自己所从事过的工作，还是满意的，我的小家庭，也是幸福的，家乡有我的亲人、同学、朋友，从小一起长大的伙伴，连我自己也并不十分清楚，为什么我会如此执着于逃离故乡？这个念头，似乎一直植根于我的内心深处，从未熄灭。

在我34岁半时，我终于抓住了最后的机会，得偿所愿，来到了浙江，且是被以人才引进的方式调动过来的。这使得我的这场逃离，看起来体面，不失尊严，且没有风险。

很奇怪的是，我从安徽来到浙江工作，向单位提的第一个要求竟然是，有没有探亲假？我以为老家在省外的人，每四年都有一次探望父母的专门假期。办公室工作人员告诉我，没有。我为什么会特别在意这个假期？也许，当我真正离开家，远离亲人和家乡的那一刻，我的心，又是恋恋不舍的吧？就像有什么东西一直在远方向我招手，诱惑我远行一样，也有着我看不见的一根线，总是在暗处牢牢地黏着我，牵绊着我。

一晃，我在杭州工作了23年。一直做的，是我热爱的文字工作。这23年，是我一生中最年富力强的23年，是我作为一名职业人，能付出最多的23年，也是我能为自己的家人，承担最多责任的23年。这23年，我的事业是顺利的，我的孩子接受了比较好的教育，且健康地长大成人，并找到了不错的工作，是的，一切看起来都还不错，令人满意。我那场抓住青春的尾巴的逃离，看来是值得的。

可是，没有人知道，在这场光鲜、体面、结果还算不错的逃离背后，我内心的寂寞、失落和苦楚，也在与日俱增。这也许是每一个远离故乡的人都难以回避的矛盾与纠结吧。在我离开家乡的这23年，我的父亲，还有大伯、姑妈、三叔等亲人，相继离世，我未能床头尽孝，甚至不能送他们最后一程。父亲查出胰腺癌晚期，在江苏肿瘤医院开刀，我请了几天假，去医院照顾了几天，就不得不返回，在他生命的最后一年，我陪伴在他身边的日子屈指可数。这成了我一辈子的遗憾，永不能弥补。

奶奶去世前的一天，弥留之际，我答应她，每年清明和冬至，我都会回来看她。这是一个令人心痛的承诺。我做到了。每次回乡扫墓，站在亲人的墓碑前，我都有一种强烈的回归的欲望。这念头，随着年龄的增长，越来越强烈。

所幸，在我能返乡之前，我发现了另一条直达故乡的通道，那就是文字。我年轻时的写作，很少涉及故乡，这些年，家乡、老屋、农具、田野，还有故乡的亲人，这些意象，一次次出现在我的作品中。它们从来没有像今天这样，亲切，质朴，让人痴迷。

从文字回到故乡，这是一个写作者最便捷的通道，关乎它们的每一个文字，都藏着一个回乡的密码。收录在本书中的《在没有父母的老屋，我只是故乡的客人》，就是这样一篇具有代表性的作品，它之所以能被《人民日报》、新华社等纷纷转载，全网阅读量过亿，就是因为它戳中了诸多与我有相似经历的读者的心。

故乡，老家，亲人，我回来了，这是世间最温暖的归途。

是为序。

2022年初夏，杭州

目录

Contents

第一辑 故乡是一盏不灭的灯

第二辑 在美好中睁开眼睛

第三辑 | 看你一眼，心生种子

第四辑 今天是个动词

第五辑 世间最温暖的归途

第一辑

故乡是一盏不灭的灯

在没有父母的老屋，我只是故乡的客人

亲戚的孩子结婚，邀请他去喝喜酒。欣然应允。

先坐飞机，再改乘绿皮火车，又坐了近两小时的客车，总算辗转回到了故乡。从车站走出来，他却有点恍惚了，喜宴是明天，他不知道是直奔亲戚家好呢，还是该先找个酒店落下脚，明天再赶过去？

这是母亲过世后他第一次返乡。父亲10多年前就去世了，3年前，母亲也走了。办完了母亲的丧事，他在县城的妹妹家小住了几日。临别时，妹妹对他说，哥，以后回来你就上我家住吧。当时他点点头。他还没有完全从丧痛中走出来，也没有体会出妹妹的话的意味。当他再一次回乡，站在熟悉却又陌生的车站出口，他忽然发觉，自己不知道该往哪去了。

以前当然不是这样。以前，父母在时，每次从外地回来，不管多晚，他都不着急，不担心，更不会茫然不知去处，他会打个车，直奔县城二十里外的家，那个他从小长大的乡村。有时候，他会提前告诉父母，我回来啦！有时候，忘了事先跟父母说一声，忽然就出现在了家门口，让年迈的父母又惊又喜，嗔怪他老大不小了，还搞突然袭击。

也有时候，并不急于回家，先到县城的妹妹家歇个脚，见见城里的亲朋，然后，再和妹妹妹夫一起，带着他们的子女，一大帮子人，浩浩荡荡地下乡，回家。一到村头，就看见了手搭在额头眺望的老母亲，露水打湿了她的裤脚，天知道她从几点钟就站在村口了，一定是妹妹提前告诉了老母亲他回来的消息。陈旧的老宅，忽然又被人声塞满，兴奋得吱吱作响，站立不稳的样子。他们兄妹几个长大成人后，都像鸟儿一样飞离了老巢。只在他们回来时，老宅才再一次呈现出欢乐的、饱满的样子。这才是他熟悉的老宅的味道，家的味道。

这一次，他恍然不知去处。

他自然还可以像以往那样，先到妹妹家去。他和妹妹从小就关系很好，妹妹的孩子们，还有妹妹的孩子的孩子们，也都与这个不常见面的舅舅、舅爷爷很亲，但是，那终归是妹妹的家。以前落个脚，甚或小住几日，都没有关系，他是有自己的家的，父母在家里等着他呢，他随时可以回家。现在，再去妹妹家，就只能住那儿了，而不是落个脚，中转一下，歇息一下，真正成了一个借居的客人，与去别的亲戚家、朋友家，并没有什么两样。

他也考虑过，直接去那个办喜事的亲戚家。但这个念头一冒出来，就被他掐灭了。人家要办大事，忙都忙煞，却要腾出时间和精力来提前招呼自己，他自觉甚为不妥。

还是先回老屋去看看吧。他在心里，用了老屋这个词，而不是家。父母都不在了，那已经不是家了。他叫了辆车，回到乡下。对司机说，你路边等等我，我还要回城的。他没有老屋的钥匙，老屋的一个墙角已经坍塌。母亲去世后，他和妹妹们将母亲的遗物整理好，锁上门，就再也没有回来过。看样子，县城的妹妹也不怎么回来。他绕着老屋转了几圈，残破的老屋，和心中那个家一起，再次坍塌一地。

在村口，他遇见了一个面熟的村民。村民说："回……"话说了一半，咽了回去，变成了邀请："要不，上我家坐坐吧。"他谢了村民，那一刻，他意识到，对这个他从小长大的村庄来说，他是个客了。

他乘车回了城，订了一家酒店。他知道，他是这家酒店的客。

犹豫了一下，他还是给妹妹打了电话，告诉她，他现在县城，住在某某酒店。妹妹嗔怪说，哥，住什么酒店，咋不来家里住呢？他讪笑笑。妹妹说，那你过来吃晚饭吧。他答应了。

从酒店走到妹妹家。在门口，遇见了刚刚买菜回来的妹妹。邻居看看他，对妹妹说："家里来客啦？"妹妹看了一眼邻居，抢白她："什么客，我哥！"妹妹的话，让他感动，可是，他知道，那个邻居说的没错，他就是一个客。在妹妹家，他是客；在这个县城，他是客；在故乡，他也是个客。

那天晚上，在妹妹家，他与妹夫喝了很多。回到酒店，迷迷糊糊接到儿子的电话，儿子问："爸，你明天在家吗，我们回家来哦。"他告诉儿子，他回老家了，但是，你妈在家呢。

放下电话，他泪流满面。他已是客了，但是，他在，妻子在，那就是儿孙们的家呢！

大地的味道

我在城市里25楼的阳台上闻到的味道，与我走出乡下老家的院子闻到的味道是不一样的。前者闻到的，是空气的味道，而后者，才是大地的味道。

大地的味道，就是泥土的味道吗？是，也不是。

一粒种子，播进泥土里，大地里就掺了这粒种子的味道。种子发芽了，开花了，结果了，枝叶枯萎了，落回到地里，与根一起，腐烂掉，成了新的泥土，你看看，大地里便多了这些腐叶的味道，农人是嗅得到的，也是欢喜这味道的。没有被采摘的果实，也会回到大地，果肉很快腐烂掉，大地里又有了发酵之后酒香一般的味道。如果一粒种子没能发芽，它也会慢慢地腐烂，连坚硬的果壳，都会被泥土吸收，也成为一粒泥土，只是这个味道里，是带着一点遗憾的。

我家菜园里，能闻到的味道，多而繁复。奶奶种下什么，你就能嗅到什么味道。西红柿，茄子，韭菜，土豆，还有藤蔓调皮地越过田埂，跑到别人家菜园子的南瓜，它们的味道是不一样的，香的、苦的、辣的，都有，而且，这些味道是分了层次的，你站着闻到的味道，与你弯腰或者蹲下来闻到的味道不一样；个子高的爷爷与个子矮的奶奶，闻到的味道不一样；我与隔壁家的黑娃，我们一起站在我家的菜园里，闻到的味道竟然也是不一样的。这些味道，层层叠叠，飘飘忽忽。这家菜园与那家菜园的味道，也是不一样的，这不仅是因为菜园子里种的蔬菜不一样，勤快的人家，还多翻了几趟土，多浇了几瓢水，多施了几道肥，那味道就充盈而丰饶；你再看看另一个懒汉家的菜园，所有的菜都蔫不拉几、半死不活的样子，你能嗅到的，就只有贫瘠的味道。就算菜园里的菜都收割完了，空旷的菜地里，味道也是不同的。那些曾经生机盎然的菜园，虽然现在空荡荡了，你依然还能闻到各种味道，这些味道，已经渗入到泥土里，经久不散；而一直荒芜的菜地，你能嗅到的，只有杂草也枯萎了之后，一股荒凉的味道。

是的，大地的味道里，一定包含了它孕育过的各种植物的味道。种过麦子的麦田里，有麦子的清香；栽过水稻的稻田里，有水稻的清香；长过土豆的旱地里，有土豆的清香；茂密的森林里，有树木的清香。大地之上，当然不只有清香，它的味道丰富着呢，厚实着呢。

一只鸟儿，飞过头顶上的天空，它衔着的一粒籽，“啪嗒”

掉了下来，那块土里，就有了籽的味道；它还拉了一粒粪，“啪嗒”掉了下来，那块土里，就有了鸟粪的味道。某一天，鸟儿老了，也飞累了，死了，“啪嗒”掉了下来，不消说，那块土里，就有了鸟儿的尸体的味道，还有天空的味道。

一头牛，从耕完地的田头往回走，它一边走，一边低下头，卷了一口路边的青草吃，那些被突然“斩首”的青草，滋滋地冒出青涩的味道；它的四只大蹄子，踩在地上，将一块干干的土疙瘩碾碎了，潜伏在土疙瘩里的干土的味道，就炸裂开了，散发出来；它走着走着，忽然屁股一撅，拉了热气腾腾的一泡牛粪，大地之上，更是雾气一样弥散着牛粪的味道……跟在它身后的农人，闻到了这一切，不过，他不会嫌弃，这就是他闻惯了的大地的味道，这味道才让他踏实。

不同的季节，大地的味道也是不同的。春天的味道最芬芳，夏天的味道最热烈，秋天的味道最富饶，冬天的味道最纯粹。干旱的时候，你闻到的，是大地被烤焦的味道，这味道是焦虑的；而到了雨季，雨又似乎将所有的气息都浇灭了，到处是积水，空气里弥漫着被水沤烂的味道。

更多的时候，大地就像个巨大的收藏盒，将各种味道都埋在了它的怀抱里，你用锄头刨开一片土，或者用铁犁翻开一垄垄土，隐藏在土里的味道，就都被释放了出来，这才是真正的大地的味道。那个翻开土地的人，他的汗珠掉在了土里，土里就有了汗水的味道；他的叹息，或者他的笑声，从他的胸腔里迸发出来，最后也会落进土里，土里就有了他的失落或希望的味道。一代代人，最后都埋在了土里，这土里，这大地之上，就有了我们祖先的味道，他们制造和使用过的东西，也埋进了土里，如果腐烂了，就成了泥土的味道，如果保留下来了，就成了文物的味道。而他留给我们的话，还有他的希望，你翻开土地那一刻所闻到的，就是它们的味道。

一个流落外乡的人，为什么总喜欢带走故乡的一捧土？那捧土，不够种一棵树，也不够栽一朵花，在他想家的时候，他拿出来嗅一嗅，他就能嗅到妈妈的味道，村庄的味道，故乡的味道，根的味道，那是他在别的地方，别的大地之上，所闻不到的。

空气中飘散的，你能闻到的味道，大地里都有。大地为我们珍藏了一切，富饶的大地，一直静待你的到来。

父亲们的铁锹 //

父亲最常用的农具，是一把铁锹。

清晨，早起，不刷牙，不洗脸，不吃早饭，甚至不出恭，父亲就扛着一把铁锹，出了家门，他习惯了每天先去庄稼地里转一圈。他不是空着手去的，他从不空着手去地里转，一个农人，你空着手去地里干什么？庄稼不会因为你多情地看了一眼，就会更茁壮一点。我的父亲去地里转，是要看地里的庄稼们需要啥，他就帮它们做一点啥。父亲不是阳光，也不是水，不是农药，也不是肥料，但父亲看一眼庄稼，就知道它们需要啥，他就会想办法给它们。我很好奇为什么他总是扛着一把铁锹，似乎一把铁锹，就能解决田头所有的难题。

母亲不一样。母亲去地里，也是从不空手的，她不是带一把镰刀，就是扛一根锄头，要不然，就是挎个篮子，里面还有一把小铲子。我后来看出了他们的区别，父亲从庄稼地里回来，都是空着手的，他的铁锹上沾了泥。而母亲，总是会带回一把蔬菜、一蓝瓜果什么的。父亲扛着铁锹，是去挖渠的，或者填土的，而母亲带着镰刀或锄头，是去收割的。

我相信，村里的每一块土疙瘩，都认识父亲的铁锹。

父亲扛着铁锹，来到了水稻田。水稻已经抽穗了，这是水稻一生中最重要的时刻。父亲弯腰，鼻子凑到稻尖上，似乎这样就能提前闻到稻子成熟时的味道。不过，显然还早了点，此刻他嗅到的是与他青春期儿子一样的气息。父亲又扒开稻丛，看了一眼水稻田里的水，水汪了稻根，父亲便用铁锹，在田埂上挖了一个缺口，将稻田里的水都放掉。在秧苗插下去之后，父亲天天扛着铁锹，绕着稻田转，看到田埂有缺口，漏水，父亲赶紧用铁锹挖土，将漏洞堵上，将田埂夯实。有时候我看到父亲卷起裤腿，跑到稻田中央去挖，原来是一个老鼠洞，水都从那个鼠洞里流走了。为什么现在他又自己挖了个缺口，将稻田里的水都放掉了呢？父亲告诉我，水稻的一生，并不总是需要满满的水，抽穗和灌浆之后，就要将稻田里的水都放干净，这样，水稻才能长得旺，籽实饱满。

父亲又扛着铁锹，来到了村后土坡上的旱地，这里，种着棉花、花生，还有番薯。这些农作物，也需要水，但只要根部有一点水，它们就活了，多余的水会淹死它们，因而，那地里都是有沟垄的。父亲用铁锹，将滑进沟里的土铲起来，抔在垄上，让沟平坦，东高西底，不积水。如果旁边有一小块空地，父亲就用铁锹一锹锹挖，将土全部翻一遍，母亲下地后，就会给这块地再种上西红柿、青椒，或别的什么。大块的地，用牛耕，小块的地，就用铁锹挖。即使大块的地，边边角角，犁不到的地方，父亲也是用铁锹挖。如果犁过的地，土太硬了，耙不碎，父亲就用铁锹将一块块土疙瘩挖起来，然后铲碎、敲碎、拍碎。

只要是一块地，父亲的铁锹总能派上用场。他一次次用铁锹将土挖开、耧平，让土松软地迎接种子。父亲挖地时，左手托住锹身，右手握住锹柄，左脚踩住锹头上的横档，身体弯成弓形，发力，一大块土就被挖开了，一块地就被挖开了，整片整片的地就被挖开了。如果你是第一次用铁锹挖地，你的手掌心一定会留下血泡。我的父亲不会，在他还很年轻时，他手上的那些血泡就已经结成茧子了，在父亲拿起一把铁锹时，这些茧子就已经成了铁锹的一部分。

铁锹当然不只是开垦或播种时才有用，收获的时候也离不开它。花生熟了，番薯熟了，土豆熟了，都得用铁锹挖。铁锹又不长眼睛，它不会伤了土里的作物吗？父亲的目光，似乎能穿透土地，看到土里的作物，他的铁锹头就会避开它们，就像一头耕地的老牛的四只蹄子从不会踩上庄稼一样。

男人们干活累了，就会将铁锹往地头一插，你远远地看过去，一把铁锹，又一把铁锹，像个小树林。这时候你才知道，其实不仅我的父亲喜欢铁锹，村里的男人们都有这样一把自己的铁锹，那是一个农村男人最重要的农具，也是最亲密的伙计。你看到一个男人走在田间地头，如果他的肩上扛着一把铁锹，他一定是附近的村民，不然的话，他就是一个过路的，或者一个看客。

这些一辈子生活在土地上的男人们，他们有很多农具，犁、耙、桶、镰刀、锄头、木叉、扁担等等，唯有铁锹，是他们下地的时候要一直带在身边的。他们时时刻刻扛着一把锹，随时准备将一块土挖开，播下种子，埋下希望，或者挖出土里的果实，挖出全家的生活。铁锹，是他们最顺手的农具。即使是农闲时节，下地的男人也一定会扛着一把铁锹，他不拿它挖地，也不用它收获，他只是让铁锹和自己一样，不闲着。

当他们老了，他们也是用铁锹，在大地之上，挖一个坑，将自己埋了。茫茫大地，你用铁锹随便一挖，里面都有谷物的残骸，还有一代代人的希望。

我的娘墩儿

村里的人，都喊我娘唐墩儿。我娘姓唐，但她的名字不叫墩儿。

我觉得这不是一个好听的称呼，胖墩，矮墩，傻墩，哪个“墩”，都不是个好词儿。是因为我娘胖吗？村里比我娘胖的奶奶和大婶多着呢，她们怎么不叫墩儿？是因为我娘矮吗？别说村里好多女人没我娘高，就是男人，比我娘还低小半个头的，还有好几个呢。如果我娘是墩儿，他们该叫什么？我娘就更不傻了，芹菜2毛5分钱一斤，3斤8两是多少钱？除了村里的老会计，只有我娘能一口答出来，我娘若是傻墩的话，你们就全是傻傻墩了。

虽然我一点也不喜欢别人这么喊我娘，但村里的人，就是这么喊。最不能忍受的，是我的小伙伴们也敢喊我娘“墩婶”。我娘竟然都答应了。我娘答应了，我可不答应，遇到小伙伴在我面前问，你娘呢？我就告诉他，我娘下地了。他若敢问，你墩娘呢？我就跟他急。有一次，就为了几个小伙伴，在一起议论我娘，“墩婶墩婶”的喊，我跟他们打起来了，赶来拉架的大人问鼻青脸肿的我，你为什么这么傻，一个人跟几个人打架？我带着哭腔说，因为他们骂我娘。大人生气地问，他们是怎么骂的？我说，他们骂我娘是“墩”。大人笑了，娃，你不懂，村里人都喊你娘“墩”，是敬你娘呢。你知道吗？因为城里饭店和食堂里的大厨师，都叫“墩”。

可是，我娘也不是厨师啊，再说，家里都是我爹做饭烧菜，我娘根本就不会烧饭。

大人说，饭店里的大厨，叫头墩，专门切菜的厨师，叫二墩。你娘就是二墩，切菜最厉害的二墩。

他这个说法倒是对的。我娘在家里不烧菜，但她总是先在厨房里，将菜切好，配齐，然后才由我爹掌勺，烧菜。

我娘切菜的刀功，真是不得了。

一块歪七扭八的土豆，到了我娘的手下，切丁圆润如豆，切丝精细如发，切片薄如羽翼。我娘切茄子时的姿势最好看，左手拿着茄子，右手握着刀，左手旋转着茄子，右手的刀“唰唰”飞快地切，不出三秒，一根长长的茄子，就变成了一块块形状大小差不多的茄子段，别人切的茄子段，像个又短又粗的手指头，我娘切的菱形的茄子段，看起来就像唱戏的人好看的兰花指。我爹觉得，好看还是次要的，我娘切的茄子段，烧的时候，油能从每一个方位进入茄子的肉里，因而更容易入味，更好吃。

这就说到点子上了。我爹烧的菜，真的好吃，我一直以为这是爹的手艺，爹的功劳。爹自己不这么看，他认为全是我娘的菜切得好，才成全了他的厨艺。我一直觉得，这是我爹讨好我娘才这么说的。有一次，娘回娘家了，爹只能自己切菜、烧菜。那几天，菜还是那个菜，锅还是那个锅，爹也还是那个爹，菜却难吃多了，而且，所有的菜，片不成片，丝不成丝，盛在盘子里，感觉就像一个早起却没有梳洗的人，又邋遢又难看。

也有这样的时候，爹出门去了，没办法，娘就自己切菜、烧菜。娘切的菜，还是那么好看，锅还是那个锅，佐料还是那个佐料，可是，娘烧出来的味道，却一点也不好吃。我问过爹，人家都是娘下厨房烧菜，我娘怎么只切不烧？爹说，你娘闻不了烧菜时厨房的油烟味。为什么呢？爹却没说。多年之后，我才偶尔得知，娘在怀我的时候，落下了一个病根子，从此闻不得油烟味。

因为爹的烧菜手艺不错，村里有人家办事请客，都是请爹去帮忙掌勺。请我爹，就必得请我娘，我爹嫌别人切的菜不顺手、不好看，炒出来的菜难入味。请我爹，还只是请了一个掌勺的大厨，请我娘，一个人至少顶三个帮厨。就不说别的，单单一个切黄瓜片，就看出我娘与村里其他来帮厨的婶啊姨啊的区别，别人是一根根黄瓜切，我娘是三四根黄瓜并在一起，手起刀落，圆圆的薄薄的均匀的黄瓜片，就纷纷落下，它们四处滚动，就像奥运五环一样，让人着迷。

娘切菜的样子，也让人着迷。她站在操作台边，腰上系着宽大的白围裙，这使她开始发福的身躯，看起来真的像一个墩。一把菜刀，在砧板上翻飞，在她的手下，菜丝如春雨，纷纷而下；菜块若冰雹，欢快地滚落；菜片似薄云，飞来荡去。直刀、拉刀、滚刀、压刀，各种刀法，让人眼花缭乱；或切、或拍、或锯、或推，各种手法，令人目不暇接。你看看那些菜，无论荤素，亦无论是长的短的粗的细的圆的方的，全都摇身一变，做了我爹的好用又好看的配菜，再经我爹亲手炒烹煮煎炖，遂成为一盘盘美食。乡亲们都喜欢早早地赶到现场，他们想亲眼看一看，我娘唐墩儿的妙手，是怎么将那些奇形怪状的菜，都收拾得服服帖帖的，他们也想早一点闻到，在我爹的卖力的翻炒中，空气中早已弥散开的香味。方圆十里的乡亲，都夸我爹我娘，真是天生的一对墩儿。

这样幸福的日子，从我爹去世那天开始，戛然而止。落单的娘被我接到了城里，我们不让她下厨房，但我每天下班回到家，她已经将要烧的菜都洗净、切好，盛在盘子里，等我们回来做饭烧菜，她切的菜，依然是那么好看，但是，我们却再也烧不出爹的味道。有时候，乡下的亲戚家中办事，我们回去道贺，娘总是会跟亲戚要一块围裙，系上，帮着切菜，但你能看出，她的手，和她手中的刀，都明显不如以前那么利索了。我的娘，老了。

村里的老一辈，还是像以往一样，亲热地喊她唐墩儿。老人们招呼来他们的小孙子，喊她墩奶奶。有的孩子，却只肯喊她奶奶，死活不肯加上那个墩字，他们也许是觉得喊一个人墩奶奶，怪怪的吧。

离开村庄的时候，娘都会回老屋看一眼墙上的爹，跟他唠嗑几句。她的背影，慢慢地佝偻了，像院子里那个也不得不向岁月折服的石墩。每当此刻，我的眼中都酸酸的，在心里默默地喊一声，我的娘墩儿。

田野里的浪

大多数的时候，田野是安静的。它一旦浪起来，是真浪。

最浪的是麦子。麦子还是青苗的时候，青涩、嫩绿、羞答答的样子，再说，那还是冬天呢，谁傻乎乎的在寒风中浪？到了春天，麦子拔节，呼啦啦长高，像少年长出了喉结，咕噜噜响着青春的嘹亮气息，这时候，它就有点春心萌动了，遇着一点春风，就摇曳生姿，一棵麦子摇了，又一棵麦子摇了，千万棵麦子一起摇起来，就有了浪的样子。不过，这还不算真正的麦浪，必得到了五月，麦穗开始泛黄了，麦芒像胡子一样恣意生长，初夏的风一起，一株麦穗抵着另一株麦穗，千万株麦穗向着村庄的方向，或者向着远方，挥手，呼唤，一浪接一浪地奔涌、翻滚，你看不见麦浪的起处，也望不到麦浪的边界，整个田野都是金黄的麦浪，像一大片沸腾的流水。这才是真正的麦浪。

稻浪也是这样。稻还是稻秧的时候，风一吹，虽然也是一波碧绿赶着另一波碧绿，但我们不叫它稻浪，春风翻开稻叶，上面是青的，下面也是青的，它还嫩着呢，算不上稻，更像风吹皱了一池的绿水。唯有水稻开了花，抽了穗，稻秆也熟成了金黄色，你站在村口，眺望水稻田，你的目光追着风，风追着奔跑的稻穗，这才是让人心神荡漾的稻浪。

只要有风，田野里就到处有浪。

野草也能浪。它们一般不长在庄稼地里，那会被眼尖的农民一把拔掉。它长在田埂上，荒地上，这就安全了，想怎么长，就怎么长。大风往往是从荒野上开始刮起来的，你也可以理解，旷野的风，是从一棵野草身上刮起来的，一棵野草将风的消息告诉另一棵野草，一棵又一棵，旷野之上，就到处都是风的消息了。尤其是一条笔直的田埂，风从一棵野草背上，跳到另一棵野草背上，层层叠叠，就是野草的浪。

野花就不能浪吗？田野上的花嘛，都算是野花，它们是邻居，也是亲戚。风来了，就是它们共同的客人，它们就舞起来，颤抖起来，一波接一波嗨起来。野花与野草又终究是不同的，它们是有分寸的浪，含蓄的浪，浪大了，浪过了头，花容失色，一地花瓣，不雅呢。但花的浪里，是掺了香的，各种田野之上的香，从花浪的尖上扑面而来，让人沉醉。

平地上的浪，是水波样的，无论是麦浪，还是稻浪，也无论是草浪，还是花浪，都是一浪赶一浪。浪到了尽头，遇到田埂，那是地的分界线，它就翻过去，把浪从张家的地传给李家，从李家再传给赵家，浪是不分你我的，都是兄弟。这时候的浪，就像赛跑时的接力棒一样，只不过它们的衔接更流畅，天衣无缝。如果田埂太高，或者那边的是空地，浪传递不下去了，也不急，不恼，不慌乱，它就再浪回来呗，像水到了岸的尽头，打了个漩涡，又转身扑了回来。倘是斜坡，或者丘陵，浪的样子就凶猛得多，壮烈得多，浪从高处兴起，往下奔泻，犹如飞瀑，一去不回头。

比庄稼和花草高出很多的树，它们浪得更凶，小风时，它们小浪，大风时，它们大浪。即使一丝风也没有，有的树也能自己浪一浪。比如竹子，它们喜欢长在村前屋后，跟人做邻居，也有调皮的竹根跑得太远，竹笋钻出来一看，怎么独自钻到野外了？不过，没关系，它们很快会自成一片竹林，从生在荒野之上，不管是有风还是没风，你从远处眺望它们，它们都顾自摇曳，生浪，且簌簌作响，看起来就像荒野上一群人在招手，在呼喊。

无风时，田野是安静的，你站在村头从西往东看，或者是从北往南看，庄稼和野草，都平静地站立，像睡着了一样。这时候，它们的浪在心里，是自下而上的，从扎根的土里，沿着枝干，蹿到稻尖、麦尖，或者草尖，等到有一点点微风，它们就自尖尖里冒出来，以最快的速度集结成浪。这个心浪，须得一个天天和庄稼打交道的农人才能感受得到，他们懂得田野之上每一株植物的心思。偶尔下乡看风景的城里人是看不出来的，他们猜不出一棵庄稼的想法，也看不透一朵野花的浪漫之心。

炊烟会浪吗？斜阳下，农人直起腰，看到了被田野包围的村庄之上，一柱炊烟升起来了，又一柱炊烟升起来了，家家的炊烟都升起来了，开始是笔直的，微风一吹，像旗帜一样飘起来了，那是从村庄里吹过来的热浪，是妈妈的呼唤，也可能是妻儿的等待。人们从田野的各个方向向村庄走去，他们牵着牛，扛着锄头，挑着谷物，回家。没错，那是生活的浪。

错过季节的西瓜秧

盛夏，我在棉花地里锄草时，发现了一棵西瓜秧苗。

这很不对头。这个季节，地里的西瓜大多已经成熟了。没有人会在夏天栽种西瓜秧，不等它开花，未及结出西瓜，秋风就来了，寒霜接踵而至，它很快就会霜冻而死。但棉花地里这颗不知道从哪里跑来的西瓜籽，还是发芽了。

我的锄头，在它旁边停下。我犹疑着要不要将它像其他杂草一样，锄掉。对棉花地来说，除了棉花株，其他的都是杂草，都理应被锄掉，好腾出空间和营养，让棉花株成长。我承认，我犹疑了两三秒钟，最后，我手中的锄头，围着那棵西瓜秧苗，转了一圈，我将它周边的土松了松，这样，它可以更畅快地呼吸和成长。我还将我喝的水拿来浇灌它，那是父亲早晨为我泡的茶水，对一棵西瓜苗来说，可能苦了点，但这块沙土地的周围没有水塘，我找不到更清的水了。我在弯腰浇灌它时，请它谅解，它摇了摇它的两瓣嫩叶，这也许表明它听懂了我的话。

我接着锄地。烈日当头，口渴难耐，我却将剩下来的水都浇灌在一棵没什么希望的西瓜苗上了。但我一点也不后悔。一点口渴，我能够忍耐。黄昏，我锄完了棉花地，扛着锄头准备回家时，又跑回去找到那棵西瓜苗，蹲下来，看看它有没有什么变化，我欣喜地看到，它肯定比我第一眼看到它时，长高了有一厘米，或者更多一点。我告诉它，你慢慢长，我会常来看你的。

我说到做到，一没事，就跑到离村两三里地的那块棉花地，去看望那棵西瓜苗。那是我高考失败后的第一个夏天，别人都在等着大学录取通知书，我除了失落，无所事事。现在，在帮父母做一些力所能及的农活外，我又多了一件事，就是去棉花地里，陪伴一棵西瓜苗的成长。我已经没有了希望，它在错误的季节里发芽，本也没啥希望，但我希望奇迹能在它身上出现，哪怕让它结出一颗这个世界上最小的西瓜。

每次去看它，我都会带上一杯水，只为它浇灌。剩下来的最后一口水，我才自己喝。我总是和它讲太多的话，口干舌燥，最后那口水，让我觉得特别甘甜。我相信它是愿意把最后一口水留给我喝的。不管我与它讲什么，它都从不反驳，很认真地听，这使我第一次有了倾诉的欲望。那段时间，我差不多将我这辈子的话都讲完了。从来没有一个人愿意听一个失败者的絮叨，哪怕是我的父母，但它是个例外。当然，我一点也不想将我的坏情绪传染给它，我讲出我的失败故事，是想勉励它快点生长，赶在秋风来临之前，开花，结果。

棉花地要反复锄。这本来是个很枯燥的活，但因为那棵西瓜苗，锄地成了我最乐意干的农活。而且，每次给那块棉花地锄草时，我都执意要锄那垄地，我担心如果被我的父母发现了它，他们一定会像锄掉随便一棵杂草一样，锄掉它。对农人来说，一棵毫无希望的秧苗，跟一棵杂草并无区别。

它成长得很快，藤子顺着棉地四处跑，藤梢特别嫩绿，还长着一些胡须一样的东西，碰到什么，就在上面打个结，站稳了脚跟，然后，铆足了劲，往更远的地方伸展。我见过父亲种西瓜，知道在适当的时候，要给瓜藤打头，以使它停止跑藤，而专心地去开花，结出西瓜。我几次想掐断它，终于没下得了手。天渐渐凉了，既然时间根本来不及了，何不让它自由任性地疯长一回呢。

在一个露水很重的早晨，我惊喜地看见，它竟然开花了，黄黄的小花，细碎，羞怯，仿佛一个误闯到这个世界的青涩少女一样。田地里从来不缺各色各样的花，但唯此一朵，让我泪流满面。秋风已起，寒露已重，我以为一切都来不及了，但它还是执着地开出了它的第一朵黄花。它本不属于这个季节，因而显得如此突兀，让整个秋天，也让整个田野，都措手不及。

然而它却没能给我更多的惊喜。几天之后，我和父母一起去棉花地里摘棉花，我兴冲冲找到了它，却发现，那朵花已经凋谢了，它的根，已经无法从土壤里汲取更多的养分，它的瓜藤和叶子，也因为无法从阳光和空气里摄取更多的能量，而慢慢变黄、枯萎。我知道它已经尽力了。我有点遗憾，但不伤感。相比于那些从未发芽、从未开花的瓜籽，它已经是个奇迹。

那以后，我重回校园。我不知道我这一生能否结出硕果，但我至少应该像那颗西瓜籽一样，发一次芽，开一次花。

我在城市遇见了稻草 //

一场期待已久的大雪，骤降南方。

人们看到了久违的漫天飞舞的雪花，激动不已。雪落在地上，有的倏忽融化了，有的却慢慢堆积，随着气温下降，融化的雪结成冰。在短暂的兴奋之后，人们很快发现，道变滑了，路难走了，危机四伏，到处是花样摔倒的行人和追尾的汽车。

一块块草垫，像一片片巨大的雪花，从天而降，铺在城市的马路上，斜坡上，台阶上，人行道上，楼梯入口……在一切可能让人滑倒摔跤的地方，都铺上了草垫。

我一眼就认出来了，它们是稻草垫。

多么丑的稻草垫啊。黄黄的，土土的，粗糙，杂乱，不精致，没有美感。如果不是一场大雪，没有人愿意将干净漂亮的鞋，踏足其上，人们宁愿绕道而行。可是，现在，铺在雪地上的稻草垫，成了你脚下最坚实的依靠，走在稻草垫上，让你觉得从未有过的安全。它不是救命的稻草，但它有效地防止了你滑倒摔跤。

有那么多垫子，为什么人们会选择稻草垫？一个原因是稻草最廉价，还有一个原因是稻草众多，当然，最重要的原因还在于，它耐磨，防滑，能忍辱，肯负重，宁愿自己被踏成草浆，也绝不滑动半步。它是值得信赖的。

城里不生长稻草，它们的家，在遥远的乡下。在它们被收割之后，不，准确地说，是稻被收割之后，承载它们的草，被扎成捆，运到了城里。有的做成了草垫；有的被作为短绳子，捆绑同样来自乡下的蔬菜；还有的进了造纸厂，被打成了纸浆。

如果它们不来到城里，在乡下，它们有更大的用途。

它是柴火。在农村，稻草并不是上好的柴火，它的燃点不高，不容易点着；火焰也不够猛烈，烧不出熊熊大火。但是，烧过农村土灶的人都知道，用稻草煮的饭，却是最糯最香的，它不温不火，不疾不徐，慢腾腾地把大锅里的米，煮熟，煮透，煮香。你要知道，那些稻米，与稻草曾经是一体，是人将它们分开，一半成了稻，另一半成了草，它们在厨房里再次相遇，稻草用它最温柔最耐久的火焰和温度，将生米煮成了香喷喷的熟饭。“煮豆燃豆萁，豆在釜中泣”，那是文人骚客的想法，稻和稻草，都不这么想。

它也是牛的食物。春天和夏天，草木茂盛，牛自然更喜欢吃鲜嫩的草，但是，到了冬天，百草凋零，牛能吃到的，就只有稻草了。农人将牛棚里铺满稻草，一半是让牛御寒的，另一半是让它拿来当作食物的。牛困了，窝在稻草上暖暖地睡一觉，醒了，饿了，用舌头卷几根稻草，填饱肚子。牛劳作了一个春天，一个夏天，和一个秋天，只有在寒冷的冬天，才可以歇一歇。一捆稻草下肚，牛吃饱了，打个嗝，然后，把肚子里的那些稻草，再反刍一遍，就像一个人的回忆，一天就算过去了。

它可以做成稻草人，孤独地站在田野上，为庄稼守望；

它可以织成草绳，结成草网，成为生活的帮手；

它可以做成屋顶，以稻草做的屋子，冬暖夏凉，宜于居住；

就算它被做成了草包，当洪水来临，它也是第一个跳下水，阻挡洪水，保卫家乡……

如果不是一场大雪，我不会在城里遇见它们——稻草。我看见它们，就像看见了我乡下的兄弟，粗糙，温暖，亲切。

我看见一幢高大气派的大楼台阶上，也铺上了一块块稻草垫，这些乱糟糟的家伙，显得与环境如此格格不入。不过，大雪让人们暂时忘记了它的低贱和丑陋，我看见衣着华丽的人们，以及几位快递哥和送水哥，都走在草垫上，这让他们感觉踏实和安全。

一条鱼的诗和远方

鱼和鱼是一样的，都不喜欢死水。

池和塘，多是死水，江河大海，还有山间小溪，就是活水。一条鱼是活在江湖河海，还是池塘小溪，由不得它自己，就像我们不能选择自己是出生在偏僻山村，还是大城闹市一样。但不能选择自己的出生地，却并不能阻碍我们奔向远方的梦想，一条小池塘里的鱼，也可以梦想着一池活水。

它希望水动起来，活起来。

它游来游去，但它的动静，显然不足以让死水变活，就算池塘的大鱼小虾都游蹿蹦跶起来，也无法将池塘的水激活。不过，老天爷会帮它的忙，下雨了，高地上的水，哗哗地从四面八方流下来，汇进池塘。那就是活水。鲜活的水，激起浪花的水，好看的水。

池塘里的鱼，早已厌烦了这一潭死水，它本以为自己会像这个池塘里任何一条鱼一样，不是自然地老死，就是因缺氧窒息而死，或者被人或鸟捕获，吃掉。这似乎是所有不幸活在池塘里的鱼的宿命。现在，它们总算等来了活水，看到了希望，它将毫不犹豫，溯游而上。

溯游，就是一条鱼的诗和远方。

从高处流下来的水，一路上带来了更多的氧气，还有陌生之地的气息。这让池塘里所有的鱼都激动不已。它们拖老携幼，循着水流，向上溯游。

这是一条鱼所能展示的最美的游姿：它张开小嘴巴，摆动尾翼，将身体的力量都凝聚在脊背上，纵身一跃。当池塘里的氧气太稀薄的时候，它也从水里蹦跳出来，试图多吸一口空气；当它感觉水底的生活太压抑沉闷的时候，它也冲天一跳，希翼能激起哪怕一朵浪花。唯此一跃，是它作为一条鱼的一生中最完美也最壮烈的一跃。如果你正好站在水边看到这一幕，你就会发现，它略显暗色的脊背，与上面冲下来的白花花的水流，形成了多么强烈又多么震撼的对比。

这些活水，是从哪儿流来的，一条鱼看不见。它能看见池塘的左岸，也能触摸到池塘的右岸，它熟悉池塘的南岸，也能轻松地游到池塘的北岸，但是，忽然从高处淌下来的这些水，它到底是从哪里来的？它的最高处又在哪儿？鱼不知道，鱼就是想要溯游到水的起点，那里一定全是活水，那里是鱼的天堂。

到了这儿，我们得看看“溯”这个字。溯，沿水逆流而上。

得有水流，且是逆势而上。在死水里游，不能算溯，顺流而下，也不是溯。我的小伙伴说，那洄游的洄，不也是逆流而上吗？洄游，简单地说，就是某些鱼，定期定向地游回到自己的出生地，探亲或产卵。洄游和溯游，都将历经艰险，所不同的是，洄游的目的性更强，而溯游可能只是为了心中的一个梦。我在《动物世界》栏目里看到过海洋里的鲑鱼，成群结队地洄游到淡水地，产卵生子。当洄游的鲑鱼们纵身一跃穿越落差很大的瀑布时，饥饿的北极熊正在那儿守株待兔呢。

我们这些小伙伴，就是池塘里的鱼溯游路上的“北极熊”，早已备好了小网，将这些溯游而上的鱼，一网打尽。

可怜的鱼儿，它们从寂静而宽大的池塘里，溯游而上，翻越了一道道坡，一道道坎，现在，它们被集体困在了水柱之下的一个小坑里。这个坑，是流水刚刚冲刷出来的，小不过碗，大不过盆，鱼儿们到了这里，再往上，得跃过一个高坡，对于一条鱼来说，那绝对是天堑。不死心的鱼，会反复挣扎，一次次努力往上溯、蹿、蹦、跳，把一条鱼所有的能耐都展现了出来，仍然是徒劳。用个竹篮，或者网兜，抄底一兜，差不多就将它们一网打尽了。也有漏网的，是条小鱼，相较于鱼的一生，它大约相当于我的童年。我不想捉它，打算放它一条生路。它的生路是有的，也是显而易见的，那就是顺流而下，回到它的池塘。但这条顽固的小鱼，跟所有的鱼一样，既然选择了溯游，逆流而上，就不准备放弃，不想再顺势回到那个沉闷无趣的池塘了。它的命运从它纵身一跃溯游而上开始，就注定了是一场没有回头路的悲壮旅行，就算它没有被我或别的小伙伴捉住，当雨停了，高处的流水断了，它就会被困在这个小坑里，阳光将蒸发干小坑里的水，它将干涸而死。

一定有溯游的鱼，在历经千辛万苦后，最终找到了更大的池塘的。就像我们村口的这个大塘，当高处流淌下来的雨水将它注满，溢出，流向比它低的洼地，对于那里的小池塘来说，这就是天上下来的流水、活水，小池塘里的鱼就会沿着这些水流，溯游而上，幸运的小鱼，来到了这个大塘，以为是大河大湖，这让它们幸福无比。但这样的幸福感，很快会消失，不久，它们就会发现，这不过是一个更大的池塘，更寂静的一池死水而已。于是，当下一场雨降临，它们将跟随本就活在这个大塘里的鱼一起，沿着水流，向着更高更远的地方溯游，一条鱼又一条鱼，一代鱼又一代鱼，生生不息。

溯游而上的鱼，它们能找到热爱的活水，能抵达诗和远方吗？我不知道，但只要有水流，我就能看到那些溯游的鱼，在奋勇奔跃，它们的一辈子，就是向死而溯，因溯而永生。

一棵树的生命哲学 //

树挪死。

当然不一定。事实上，很多树从乡下挪到了城里，或者从偏僻之地挪到了道路的两旁，却活了下来。一棵树能挪而不死，关键在移植方法。

一棵树，从一个地方移植到另一个地方，就像一个要背井离乡的人，彻底地告别它的故土。它能不能活下来，很重要的一点，是看它带走了多少故乡的泥土——紧紧包裹它的土球，它一定要足够大，足够紧实，像一个人的乡音一样，无论走到哪里都不嫌不离不弃。哪怕是从贫瘠之地挪到富饶之土，一棵树，也一定要带上它原生的土壤才能活下来。带着故土，换了新地方，一棵树就有了念想，也就有了活下去的勇气，这是一棵树对故土的依恋，你必须充分尊重它。

一棵树，尤其是一棵有了年头的大树，它的根须早已深深地扎根在了故乡，它们在泥土之下，盘根错节，构筑了自己的根基，在故乡站稳了脚跟。我们在移植它的时候，能将它的根须带走得越多，它成活的概率就越大，可惜，我们不可能将它所有的根须都挖走，于是只能将它多余的根须砍掉、斩断。它一定为此痛不欲生，伤口上的树汁，就是它的眼泪。除了为它包扎、处理好伤口，我们无法帮到它，但我们至少可以允许它在新的地方暗自疗伤，这需要一点时间，还需要一点耐心，如果我们在它移植后的第一个春天没有看到它发芽，不要着急，不要气馁，它的新根须也许已经萌生，并触碰到了周围的新泥土，只是这一切都发生在地下，我们没有看见罢了。

为一棵移植的树提前挖好一个大坑，也是必需的。这个坑，就是它的新家了。你要舍得下力气，为它挖一个足够大、足够宽敞的坑。不是随便一个坑就可以安顿一棵大树的。你要知道，它的新根须很脆弱，很娇嫩，需要有足够的空间让它伸展，探索，扎根下去。我看见有的人挖的树坑，很小，很浅，很敷衍，他忘了一棵树不同于一棵草，它的一半的世界是在泥土之下的，只有深深扎根于大地之上的树，才能活下去，也才能站成一片不倒的风景。

自带的土球，是一棵树能不能活下去的关键，但也不要忘了，唯有与移植之地的新土融为一体，一棵树才算真正挪活了。所以，为它培土，也非常重要。这些新土，最好是松软的，有营养的，不带病菌的，不排斥一棵新来的大树的。所有的泥土，都甘于为植物们奉献，哪怕它是外来的、不请自来的；所有的大树，也总是乐于将它们的根钻进泥土的深处，就像一个孩子总喜欢一头扎进母亲的怀抱里。但它们终究还是生疏的，你需要用脚将它踩踏实，让新泥土和自带的泥土融合，让新泥土像怀抱一样，将土球和树根，紧紧地揽入怀中。

接下来的事情，可能有点残酷：为了确保一棵树挪活，你得下点狠心，将它的叶子剪掉，将它的虬枝旁干锯掉。曾经枝繁叶茂的树冠，忽然成了一副光秃秃的模样，确实让人看着心疼，但这是真正为了它好，是为了让它不但今天活下来，而且明天能够更加枝叶繁盛。一棵挪活的树，可能几年之内难现昔日的辉煌，不过，假以时日，它一定能像往日一样，撑起一把巨大的绿伞，再次为我们遮阳挡雨。

此外，让一棵树挪而能活，为它浇水，施肥，晒太阳，除病虫害，也是不可或缺的。很多人以为，对一棵新移植的树，一定要勤浇水、多施肥，才能保其活命。这真是一个天大的误解，事实上，你的泛滥的好心和溺爱，可能非但无益，反而害了它。多余的水分，反而烂了其根；油腻的肥分，反而淹了其志；过度的阳光，反而暴毙了它的嫩芽。你要知道，一棵真正的大树，从来都不是娇生惯养的，即使它被移植，即使它背井离乡，即使它饱受苦难。

人挪活，大约也是这个道理吧。

田野里的小动物

三婶的晚稻熟了，我们去帮她收割。

三叔去世后，三婶只保留了这一块水田，别的地，她种不动了，交回了村里。这块水田的上面就是一个小池塘，浇灌方便。三婶种了一季早稻，又种了一茬晚稻。在我的家乡，一年还种两茬水稻的人已经不多了。三婶这块地的边上，别人家的稻田在收割了一茬后，就一直闲置着。空旷的田野上，只有三婶的这块地，金黄的水稻，稻穗低垂，风吹过，一波波稻浪荡漾开来，像铺在地上的一块黄色旗帜。

我们举着镰刀，走进稻田，从东往西收割。田里的水，提前几天就放干了，但泥还是烂的，一脚踩出一个小坑，烂泥从脚丫里刺溜刺溜地冒出来，感觉滑爽又新鲜。我们离开农村都已经很久了，如果不是偶尔回乡帮三婶干干农活，差不多都忘了。

刚开镰，就听见稻田中央传来簌簌的声音，似乎是“嚓嚓”

的镰刀声惊动了什么。直起身，侧耳细听，那声音却又消失了。等我们再次弯腰割稻时，稻丛中忽然“扑棱”一声，飞出一只鸟。三婶认出来了，说是秧鸡。它长得很像三婶家饲养的土鸡，不过个头要小多了。它在半空中盘旋了一会，又落了回去。三婶说，它肯定是在稻田里铺了窝呢。

我们继续割稻。那只秧鸡又一次腾空飞起，瞅着我们这边，喳喳地叫唤着，很急切的样子，似乎是向我们表达什么。也许在它的眼中，我们是一群不速之客，误闯了它的地盘。外侄女逗它，这是我三婆的地呢，你叫什么叫？它哪里听得懂外侄女的洋腔？仍然在半空中盘旋，鸣叫，声音里带着一丝哀鸣。

割到稻田中间时，果然看见稻丛中一个鸟窝，是用稻草的叶子做的，细而密，里面还有几只白色的小蛋。我们喜出望外，竟然还有意外的收获，正要去拣起，三婶连忙制止了我们，说这是它的蛋，它的孩子呢，我们不能毁了它的窝。三婶要我们丢下那几丛稻，绕开了割，把窝给它留下。三婶又仰起头，用土话跟盘旋的秧鸡说，别叫唤了，我们给你留着窝呢。说来也怪，那秧鸡似乎听懂了三婶的话，飞落到我们身后割过的倒伏的稻束上，从后面盯着我们，像个监工。我们从它的窝旁割过去，将窝留下，等我们一割过去，秧鸡就飞回了它的窝中，俯身将那几颗小白蛋，全都拢在羽翼下。

但我们还是很快就有了别的收获，在一个脚窝一样的小坑里，残留着一些水，水里竟然还藏着两条鲫鱼，被我们活捉了。

估计是放水时没有跟着水流逃走的，困在了这里。细心的外侄女还发现了一个秘密，稻棵间的烂泥上，有几道新鲜的碎花瓣一样的爪痕，一路通向田埂。三婶看了看，告诉我们是老鼠的爪印，它们是来稻田里偷稻子的，没想到遇到我们来割稻，仓皇而逃，留下了这散乱的印迹。而稻田上空，蝴蝶飞舞，还有很多蜻蜓，它们是来捕食小昆虫的，这些小虫子本来是藏在稻叶上的，我们的收割惊散了它们。

花了一个上午，我们帮三婶收割好了她的晚稻。挑着稻谷离开时，我回头看了一眼稻田，稻田中央的那只秧鸡的窝，异常醒目。每次回老家，帮三婶做农活，我们都会像今天这样，在庄稼地里，遇见各种各样的小动物。印象最深的，是有一次，在帮三婶收割玉米时，突然从玉米地里蹿出一只灰兔子，它跑得特别快，以致我们中间跑得最快的小伙子都没能追上它。它跑出玉米地，远远地站在一个土坡上，回望我们，我们看不清它的表情，我想，除了恐惧，它的心里一定还有一点落寞、一点委屈、一点不解吧。

我们将稻草留在了田里，也将整片的田野，还给了那些被我们惊散的小动物，它是我们的家园，也是它们的。

那些爬满地头的藤

初春，母亲在地角栽下了几棵秧苗。这时候，大块的地都还光秃秃的，它们是留着种庄稼的。

我跟在下地干活的大人屁股后面，母亲说，你就给那几棵秧苗浇点水吧。这是我能干得动的活，也是我乐意干的活。我拿着瓢，一趟趟从池塘里舀来水，给它们浇灌，不漏掉一棵苗。一棵，两棵……八棵，这些苗，是我的算术启蒙老师。

当它们还只是开着两瓣芽的小苗时，你认不出它们是什么植物，就跟我们这群喜欢光着腚在池塘里戏水的娃一样，你站在岸上，分不出谁是黑蛋，谁是狗娃，这有什么关系？当我们爬上岸，或者长大了，你就能看出我们的不一样了。这些秧苗也一样，它们很快就会开出不一样的花，结出不一样的瓜，就算一个傻瓜也能看出它们的不同来。

没错，地头很快就会爬满它们的藤，它们每一个都跑得比春天还快。

当它们开始牵藤的时候，你就会明白，为什么我的妈妈只将它们种在地角了，它的根在地的一角，而它的藤，可以往东，也可以往西，可以朝北，也可以朝南，如果任它们撒着欢儿跑，不出这个春天，它就能将整块地都变成它的跑马场。

大人们是不会由着它们的，就像他们也从不会由着我们一样。胆敢往庄稼地里跑的藤，被大人一把揪起来，扔回到角落。它们软塌塌地蜷缩在一起，乱成一团，似乎有点迷失了方向。但第二天早晨你再去地头，就会看到它们又舒展开了，藤头已经重新找到方向，继续往前爬。地大着呢，不能往这边爬，就往那边爬呗，四面八方，总有一个方向是一根藤可以爬去的。

藤的头，都是最嫩的芽，我觉得它是藤的眼，不然，它是怎么看得见前方的？你看看藤的头，都是昂着的，向前，向上，这样才能看得见更远的地方，它望见前面有空隙，它就爬过去了。在它的眼睛后面，必定还跟着一个卷须，这是它的手，看到什么都会一把紧紧抓住，然后，一圈，又一圈，紧紧地缠住，这就算站稳脚跟了，接着往更远的地方爬。

藤看到什么，就会缠住它，从此不松手。一根草，一棵菜，一株麦子，一棵树，都行。早晨，父亲戳在地头的铁锹就被一根藤缠上了。父亲拔起锹的时候，就将那根藤也拔起来了，藤又不懂得放手，差一点被父亲连根拔起。一个人如果一动不动站在地头想心思，你就得小心了，藤会比那些心事更牢地缠上你。

这时候，你就得给藤戳一些杆子了，让它们朝上爬。不管你的杆子有多高，它都能攀爬上去，换句话说，你想让一根藤爬多高，就给它竖一根多高的杆子。但也有一些藤是不爬杆子的，它们更喜欢在平地上爬，从自家的地角，翻越田埂，爬到别人家的地里去了。对付它们的办法是一把将它们揪回来，像揪一个逃犯一样。我的父亲有更简单的办法，在藤爬到一定程度的时候，就将它们的头梢掐去，让它们不再一门心思只想着往前爬。一根任性地只顾爬藤的藤，往往忘记了它的使命——结瓜。

是的，当藤爬满了田埂的时候，它就该开花了。有意思的是，大多数的藤开出来的都是黄花，而它们结出来的瓜却完全不一样，有的是黄瓜，有的是冬瓜，有的是南瓜，有的是苦瓜，以及别的什么瓜。即使没有被掐去头的藤，当它们开出花、结出瓜之后，也忽然放慢了爬藤的脚步，它似乎知道，必须留下更多的营养，让瓜长大。也有可能是瓜越长越大，拖累了藤蔓，它从此有了牵绊，爬不动了，或不能顾自往前爬了。我经常听到村里拖儿带女的大人们望着远方的田野唉声叹气，他们无奈的眼神和弓曲的身影，就像一根挂在屋檐下的藤蔓。

当所有的藤蔓上都结满了瓜的时候，该是夏天了。你从村头望过去，大地绿油油一片，在庄稼和庄稼之间，就是那些填充了空白的藤蔓，它们让大地变得饱满、丰厚。干农活的大人们，饿了，渴了，随便摸到一根藤，摘个瓜，充饥，解渴。对于我们这些孩子来说，藤更是充满诱惑，我们光着屁股，顶着烈日，来到田头，有时候是摘自己家的瓜，也有时候摘了别人家的瓜，你怎么能够分得清同一个田埂上，那些纠缠在一起的瓜藤，它的根到底是自己家的还是别人家的？看得见的瓜，很快就被摘光了，不要气馁，你顺着一根藤往前摸，指不定在哪个茂密的草丛中，就摸到了一个大瓜，掩藏越深，瓜越大。后来我们上学了，学到了“顺藤摸瓜”这个成语，才知道，藤还是我们的语文启蒙老师呢。

一根藤上能结很多瓜，南瓜、西瓜和冬瓜，都很大，你拍一拍，“咚咚”响，如鼓，跟我们这些孩子的肚皮一样。这些大瓜，可做菜，可做汤，也可做饭；可解馋，可消渴，也可以填饱肚皮。它们只占据了地的一个角落，却养活了我们。

当秋天来临，瓜都摘光了，藤也慢慢枯黄了，该怎么清理这些乱麻一样纠缠在一起的藤呢？拽，撕，拉，扯，都不是好办法，我的父亲只用一招，用镰刀将藤的根斩断。这些被截断了根的藤，会从根开始枯黄，死掉，但它的藤梢似乎还不知道，还在往上或往前攀爬，它打了最后一个结，终于也无力地倒下，慢慢耷拉下的藤梢，仿佛在眺望明年的春天。

被鸟唤醒，被鸡吵醒

入住一山间民宿，第二天早晨，忽被鸟唤醒。

哎呀那鸟声，叽叽喳喳，呖呖啾啾，嘤嘤咕咕，婉转，悠扬，悦耳，动听。是斑鸠，还是山雀？是燕子，还是布谷鸟？不知道，反正是被鸟声唤醒的，顿觉神清气爽，遂翻身，起床。

推开窗户，阳光扑进屋，鸟声更清晰了。窗外是树，树外是山，山外是云，云外是天。心情大好。下楼，同行的朋友都已吃过早餐了。感叹，是被第一声鸟鸣唤醒的，太美妙了。朋友笑说，你确实是被鸟唤醒的，但肯定不是第一声鸟鸣。天还没亮，树林里的鸟就叽叽喳喳叫起来了，叫得欢着呢。你没有听见，或者听见了，却没有被叫醒。

仔细想想，朋友说的对，我并不是被鸟声唤醒的，而是我醒的时候，刚好听到了鸟声。山上的鸟多着呢，鸟一直在那儿叫着呢，你什么时候醒来，都能听到它们的鸣叫，便误以为是被鸟声叫醒的。

虽然并非被鸟唤醒的，似乎少了一点诗意。但睁开眼，就能听到鸟鸣，终归是一件惬意的事情。

有几年，我住在铁路边，每天早晨，是在“哐当哐当”的火车声中震醒的，偶尔，火车经过时，不知何故，突然拉响汽笛，更是活生生将晨梦掐断，常常在惊醒之后，茫然不知身处何处，以为自己还漂泊在外乡呢。

更多的早晨，我是被闹钟叫醒的。年轻时，睡得晚，早晨醒不了，起不来，必得睡前设好闹钟，把自己吵醒，以免上班迟到。选择什么样的闹钟铃声，是个挺伤脑筋的事情，激昂的节奏，会惊着自己；轻灵的旋律，又恐叫不醒自己；难听的曲子，会坏了一天的心情。好听的音乐，喜爱的歌声，倒是能让自己在醒来的时候，心情放松舒畅，精神为之一振，但你很快又会发现，多美妙的音乐，一旦做了闹钟的响铃，用不了多久，你就会闻之如丧钟，心生恐惧和厌恶。糟蹋一支好曲子，最简单快捷的办法，就是将它设置为叫醒一个人的闹钟铃声。

小的时候，几乎每个早晨，都是被妈妈的喊声叫醒的，农村妇女，早晨起来事情多着呢，喂鸡、喂猪、喂牛，打水、扫地、抹桌子，洗衣服、做早饭、下地干活，等这一切都忙好了，见孩子还没起床，就一边赶着手头的活，一边扯着嗓门大呼小叫，把孩子一个个叫醒。如果妈妈的呼叫没能喊醒你，爸爸就会冲进房间，一把掀开你的热被窝，直接，干脆，粗暴，有效。多年以后，老母亲进城和我一起生活，还保留着早起的习惯，偶尔需要早起出门，就会头天晚上跟老母亲交代一声，让她第二天一早几点喊醒自己，比任何闹钟都准，却再也不是大呼小叫了，而是轻轻地敲门，甚至是怯怯的，生怕惊扰了她的孩子似的。

我在城里生活了多年之后，有一年返乡，住在大伯家，半夜，大伯家的公鸡就开始打鸣了，“咯咯咯——”一声接一声，催魂一样。要命的是，大伯家的公鸡开了个头，前后左右隔壁邻居家的公鸡，就一只接一只叫开了。看看手机，才一点多钟。刚刚睡着啊，就被公鸡吵醒了，睡意全无。奇怪的是，睡在隔壁的大伯，却好像完全听不见，公鸡打鸣声一点也不影响他的睡眠，细微的鼾声穿过土墙，与此起彼伏的公鸡打鸣声，相互辉映。

我小时候，也从未被公鸡的打鸣声吵醒过，那时候，它们的叫声，与村里的狗吠声、风吹过树叶的响声、隔壁老头子剧烈的干咳声、谁家小孩子的夜啼一起，成了乡村夜晚的一部分，也成了我睡眠的一部分。一个人怎么会被自己的睡眠给吵醒呢？

离开乡村已久，奇怪的是，公鸡打鸣会令人厌烦地吵醒我，而鸟的叫声却像过去一样，助眠或者唤醒，都让我心安神宁，从不嫌烦，也许鸟的鸣唱，是真正的天籁吧。

第二辑

在美好中睁开眼睛

最美的对视

她久久凝视着，凝视着。

站在她面前的，是一个16岁的男孩。与所有这个年龄的男孩子一样，他有着清澈、纯净、稚气未脱的眼睛。他也深情地凝视着她，然后，向她深深地鞠了一躬。

几个月前，他的眼前还一片漆黑。4岁那年，因为一场大病，他失明了，从此，他的世界就漆黑一团。直到三个月前，他获得了一位刚刚去世的老人无偿捐助的一只眼角膜，才得以重见光明。

那位老人，就是她的母亲。

她的母亲，被社区追评为“最美的人”。她代表已经去世的母亲，上台领奖。让她没有想到的是，为母亲颁奖的，正是受捐的男孩。

早在6年前，年已八旬的老母亲就向子女表达了最后的心愿，在百年之后，将自己的眼角膜无偿捐献给需要的人。一双儿女都表示赞成，并和老母亲同时做了捐献登记，一家三口身后捐献眼角膜登记表的编号连在了一起，分别是“351、352、353”。这组温暖的数字，就像小时候妈妈牵着她和弟弟的两只小手一样，齐步向前走着，温情、坚定而有力。

随着年龄增长，老母亲的身体每况愈下，尤其是她的眼睛，因为严重的白内障而使视力严重下降，看东西都是模模糊糊的。她说服母亲去做白内障手术，这是个小手术，做完了，就可以恢复不少视力。可是，老母亲却死活不肯答应，老人说，自己身上的器官都老化了，没啥用了，只有这眼角膜还行，将来还能够捐给别人，万一做手术损坏了眼角膜，那可怎么办？而且，自己也活不了几年了，看不看清楚也没什么关系，但保住眼角膜，就可以让别人一辈子都看得见。老人固执己见。最后，还是眼科医生说服了老人，做白内障手术，对眼角膜不会有任何损伤，老母亲这才放心地接受了手术。

老母亲又生病住院了，这一次，病情凶险。自知时日不多，老母亲心里惦记着的，仍然是捐献眼角膜的事，这可是她这一生最后的愿望。担心自己临终时可能再无法清晰地表达捐献的意愿；也害怕自己一旦撒手走了，子女们悲痛之中也许会忘了这重要的一茬，老人将那张“自愿捐献眼角膜登记卡”放在了自己的病历本中，好让子女或者医生，在最后时刻，也不忘她的心愿。

一个静悄悄的凌晨，老母亲安静地走完了一生，溘然长逝。

她强忍悲痛，第一时间通知了有关部门。眼科医生小心翼翼地取走了老人的眼角膜——那“0.5克的挚爱”。

老母亲的眼角膜，很快就被移植给了受捐人，为他人点亮了光明。

在母亲节那天，她发了一条微信：“我知道，有些人正用您的眼睛看着这个从未谋面的世界。说不定哪天，我们的目光在茫茫人海中再相视，我知道，那是您爱的目光。”这是老母亲离开之后的第一个母亲节，她再也不能喊一声“妈妈”了，但她知道，母亲仍在注视着这个世界。

她没有想到，会在这个场合，再一次看到母亲的眼睛。她凝视着，凝视着，热泪盈眶。

男孩也惊喜而羞怯地凝视着她。

两个人的目光，就这样对视，凝视。那是思念的目光，那是充满柔情的爱的交汇，那是我们所见过的最美的对视。

温暖的手语

手语是聋哑人交流的方式，不过，并非聋哑人才用手语，日常生活中，健康人也会经常借用手语（手势）来表达交流、传递情感。

一次坐地铁，一个熊孩子吵闹不止，引得一车厢的人侧目。孩子的奶奶似乎找不到更好的办法来制止他，只能用更大的嗓门呵斥、规劝，然而，孩子不买账，一点效果也没有。这时，坐在他们对面的一个中年男人忽然站了起来，走到孩子面前，蹲下来，看着他，然后，竖起右手食指，轻轻放在自己的唇前，做了一个不要喧哗的动作。熊孩子愣了一下，竟然停止了吵闹。我不知道是陌生男人坚定的眼神，还是他的动作，让熊孩子停歇了下来，总之，没有训斥，没有指责，没有打骂，车厢又恢复了宁静。

很多时候，一个手势，往往能更有力地传递某种信息，此时无声胜有声，直抵人心深处。

看过一部电影，火车即将启动，月台上站着来送别的男孩，男孩不停地向车厢里的女孩说着什么，可是，厚厚的车窗玻璃将他的声音阻隔住了。火车启动了，男孩追着火车跑，一边跑，一边还在急切地诉说着什么，可惜，他的表白淹没在了火车巨大的喘息声之中。情急之下，男孩一边奔跑，一边用双手在胸前比划出一个心字，女孩贴着窗户，看着渐渐甩在身后的他，眼噙热泪，给仍在竭力奔跑的男孩一个飞吻。男孩说什么，不重要，女孩有没有听到，也不重要，两个人的手语已经表达了一切。

一个简单的手势，蕴涵的丰富信息可能甚而达到语言所不能致的表达效果。但手语的力量还不尽如此，有时候，手语的背后还会反映一个人的素质和修养。

我的一位朋友是图书管理员，她跟我讲了一个印象深刻的小故事。有一天，她在阅览室值班，偶尔抬头，看见玻璃门外站着一个穿着工服的男人，在不停地向阅览室里招手，看样子，是在招呼哪个正在看书的读者。安静的阅览室里坐满了读者，所有人都沉浸在阅读之中，没有人抬头，男人想要找的那个人显然也没有注意到他。男人就那么眼巴巴地不停地招手，招手。朋友走了出去，问他，你是要找什么人吗？男人点点头，用手指着里面，轻声说，那是我儿子，我是来接他的。朋友顺着男人手指的方向，看到了一个正埋头看书的小男孩。朋友好奇地问他，你在外面这样招手，他看不见的，为什么不直接进去喊他？这是一个开放式阅览室，不需要任何证件，都可以直接出入的。男人指指身上的工服，有点难为情地说，我刚从工地下来，衣服上都是灰，不干净呢。朋友说，那一刻，她被这个穿着工服的男人感动了，如果不是自己偶尔注意了他，他会一直那么招着手，直到儿子抬头看见他吧。她说，那是她见过的最温暖、最感人的一次招手。

可以说，手语是世界上最美的语言，它无声地为我们传递着温暖、爱和力量。当然，不是所有的手势和手语都是善意的、温暖的、真诚的、亲切的，手势也可能传递的是不满、挑衅、愤怒和仇恨，就像我们伸出去的手，不总是友善的握手一样，它也可能是紧握的充满敌意的拳头。我们做不到总是伸出橄榄枝，但我们至少可以让自己伸出去的手多一些温暖，让真诚的信息，在空气中多飞一会儿，如春风拂面。

在美好中睁开眼睛

很多人都有同感：一寸的证件照最难看了。在杭州，有一家名叫1933的迷你照相馆，却把小小的一寸照拍得漂亮、生动、传神。这家开在一所大学边的小小照相馆，专门给人拍一寸照，生意火爆。

这个全部由在校大学生组成的团队，两个是学建筑的，一个是学广告的，一个是学国贸的，还有一个是学新闻的，没有一个是专业摄影师。这样一个杂牌军，却能将最难拍的证件照个个都拍得跟明星照似的，他们有什么秘诀吗？有的。按照他们自己的话说，那就是把一件简单的事，尽量做到完美。

从化妆造型，到拍摄与后期制作，他们在每一位顾客身上都要花费半个多小时的时间，反复地拍摄，不厌其烦地修改，只要顾客有不满意的地方，他们就推倒重来，直到顾客对自己的照片满意为止。

他们拍摄的几乎每一张一寸照，男的都帅气阳光，女的都水灵妩媚，与我们常见的那种呆滞、死板的证件照，迥然不同，让人惊艳。

我看过他们拍摄的一大堆一寸照，简直让人怀疑，是不是来这儿拍照的都长着一张明星脸？当然不是，来这儿拍照的，基本上都是附近的学生，和我们一样，是身边最普通的人，他们的长相和气质也都是千差万别。有人好奇地想知道，他们是怎么把一张张普通的脸拍得那么神气的？

果然也是有小技巧的，他们说，化装和后期修饰很重要。每一位顾客，他们都要对其进行精心的化妆，在拍摄完后，还要对每一张照片进行细致的修图，使之趋于完美。

但是，我见过很多化妆的人，一点也不美；我也见过很多PS过的照片，一点也不生动。仅仅靠化妆和修饰，就能将一个人的照片拍得那么漂亮、生动、传神吗？

他们笑着说，一个人的照片美不美，当然不全是靠化妆和修饰，而主要依赖其自身的气质和精神状态。你看看这些照片，最美的地方在哪儿？

眼睛！没错，正是他们每个人的眼睛，水灵、明媚、清澈、传神，洋溢着一股幸福快乐的神情。

他们又是怎么做到的？

他们说，很简单，在拍摄前，我们会请顾客先闭上眼睛，想一些自己经历过的最美好的事情，然而睁开眼睛。就是在那一瞬间，他们摁下了快门。

那是一个刚刚沉浸在美好回忆中的瞬间，那个瞬间，人的眼睛里，写满幸福和快乐。他们所做的，只是捕捉到了一个人最美好的瞬间。

我终于明白了，不是他们的拍摄技巧有多么高，也不是他们的化妆和修图技巧有多么好，而是被拍摄者自身所洋溢出来的那种快乐、幸福和自信啊。

如果你常从美好的事情中睁开眼睛，你的眼神就一定是明亮的，你的神情就一定是美好的，而你的心就一定是灿烂的。

织梦的纸盒子

朋友来我办公室小坐，忽然眼放光芒，问，你那些纸盒子还有用吗？

她指了指堆在墙角的几个纸盒子。

那些纸盒子堆在墙角已经有段时间了。是直接扔了，还是卖给收破烂的，我还没想好怎么处理它们。我记不得它们是怎么来的了。现在，它们唯一共同的特征是，空了，没用了。

我摇摇头，没用了。

她兴奋地说，那你都送给我吧。

没问题。你是要搬办公室，搬家，还是邮寄东西？我能想到的，一个空纸盒的用处，大抵就这么多。

她笑了。我不搬家，没换办公室，也不是邮寄东西。这些纸盒子，我是要拿到幼儿园去的。哦，对了，朋友是幼儿园的老师。

她说着，走到堆纸盒的角落，拿起一个小纸盒子，端详，捏捏四角，满意地点点头。扭头对我说，你不知道，这些纸盒子有多美。

我真没觉得这些纸盒子有什么美的。

她说，这个纸盒子，坚硬，有型，可以做城堡。

又拿起一个小纸盒，说，这个很轻，软，安全，可塑性又大。这么好的材料，我一时都想不好拿它做什么了。

她的眼神亮亮的，感觉她眼前的不是普通的纸盒子，而是什么魔法盒似的。这些我本不知道怎么处理的废旧纸盒子，成了她眼中的宝贝。

朋友笑着说，自从做了幼儿园老师，自己竟然养成了一个"收破烂"的习惯——

有一次参加一个同学的婚礼，打开喜糖盒，里面除了糖果、巧克力之外，还放了几根装饰性丝条，五颜六色，很漂亮。她说，看到那些丝条，她的脑海里立即浮现出了"狮子的发型"，也可以是"非洲人的饰品"，还可以做成城堡上的旗帜……总之，这些漂亮的丝条到了幼儿园，就可以成为孩子们手中变化多端的道具。自己一个喜糖盒子里的丝条不够，在她的请求下，同桌的人都将喜糖盒里的丝条取出来，送给了她。

幼儿园边上有个汽车修理店，门口堆了不少废旧的汽车轮胎，这些旧轮胎已经没啥用了，就那么堆放着，成了一个又难看又危险的垃圾堆。她就去和汽修店老板商量，能不能送一点废旧的轮胎给他们。一家幼儿园要这些旧轮胎干什么？汽修店老板很纳闷，但还是答应了她。在同事的帮助下，她将十几个轮胎搬进了幼儿园。五个旧轮胎，分别涂上鲜艳的蓝、黑、红、黄、绿，挂在墙上，成了奥运五环；一个轮胎被一分为二，成了两个月牙儿，里面培了土，洒上花籽，浇水，一个星期后，冒出了嫩芽，一个月后，开花了，红的、紫的、黄的小花，星星点点，好看极了；还有几个小一点的轮胎，则成了孩子们的玩具，可以滚圈，可以对垒，还可以排排坐。

她说，那些没用的东西，薯片罐啊，包装袋啊，纸杯啊，泡沫板啊，碎绳子啊……在她眼里，都是宝贝，都可以拿到幼儿园的手工区，成为孩子们搭建的材料。而她最喜欢的，用场最多的，从来不会过时的，就是各种各样的纸盒子。大的，小的；硬的，软的；长的，方的，桶状的；原色的，无色的，花里胡哨的……总之，每一个纸盒子都特别受欢迎。它可能是城堡的外廓，也可能是动物的框架，它可能变成一个生活用具，也可能成为一个有趣的玩具。

我理解朋友的热爱，她之所以喜欢那些废旧之物，是因为它们都可以编织成孩子的一个梦想啊。

几天之后，朋友发来一组幼儿园的照片，孩子们正在做手工，其中，有一只大肚子的潜水艇，朋友说，它就是用你送的纸盒子做的。

我觉得它好可爱。

我记得你年轻的样子

高中同学群里，有人发了一张当年的毕业合影。

这是一张泛黄的照片，人影已经有点模糊了。这么多年过去了，我甚至忘却了还有过这样一张照片。点开，放大，迫不及待地看一眼当年的自己。

匆匆浏览了一遍，我竟然没有找到自己。

再一排排、一个个人头仔细看一遍。第二排右七，有点像，左六也有点像，还有第三排右三，好像也有点神似。一时竟不能确定哪一个是自己。

问同学。同学乐了，他也是费了好大劲才找到他自己，不过，他一眼就认出我了。左六啊，那个嘴角微微上翘的家伙，不就是你嘛！同学斩钉截铁地说，你忘了，那时候你老是有意无意地翘起嘴角，一副踌躇满志的样子，尤其是你又胡扯了一首什么破诗的时候。他说的没错，高中时我开始爱上了写作，痴迷于

“朦胧诗”。但我一点也不记得，自己还有翘嘴角的习惯，我也实在想象不出自己翘起嘴角的熊样子。细看左六那个“我”，嘴角还真微微有点上翘呢。

我也一眼就从照片中找到他了，他的特征太明显了，中分头。那可是当时我们班里最有特色的发型了。我记得有一次我们几个去校园后边的河里游泳，爬上岸时，我也模仿他，将湿漉漉的头发从中间分开，被大家嘲笑“汉奸头”。他不一样，他中分的头发像个正气凛然的五四青年。

很多同学毕业之后就再没有见过面了，但我还是一眼就从照片中认出了不少同学。

最后一排最高的罗同学，当年两条腿细长得像圆规，但是在操场上，他奔跑的样子真快真轻盈，那是我见过的最美的跑姿；第二排左三的胡同学，家在镇里，在我们这群大多来自乡村的同学中显得鹤立鸡群，最独特的是他的小胡子，中间稀稀拉拉，两边却又长又密，他又总喜欢用手拿捏，使边角的胡子微微上扬，很像看过的苏联电影里的人物；第三排右一的吴同学，数学特别好，总是眯着眼睛，做出一副“哥德巴赫猜想”的样子；还有站在我边上的韩同学，嘴唇很厚，又特别喜欢笑，很憨厚很热情很快乐的样子，就算高考成绩出来那天，他落榜了，他的厚嘴唇似乎依然隐隐地透出一股笑意……

我忘记了自己的模样，但我清晰地记得，他们年轻时的样子。

毕业多年之后，一位同学跟我提起过，学校前有一个长长的河堤，那是我们大多数同学上学的必经之地，他说，隔很远，他就能一眼从众多的同学中分辨出哪一个是我。我问他为什么。他笑盈盈地说，那个一边走路，一边不停地用右手撩头发的，肯定就是你。他补充说，高中时，你真的特别特别臭美，你不记得了吗？我相信我肯定像大多数的小伙子一样臭美过，不过，我真不记得自己一路走一路摆弄头发了。

也不是我不记得了，而是我自己从来就没有看见过自己一边走一边撩头发的样子。我看不见自己奔跑的样子，也看不见自己沉思的样子；我看不见自己为一首诗陶醉的样子，也看不见自己因为数学不及格而落魄的样子；我看不见自己意气风发的样子，也看不见自己轻狂无知的样子；我看不见自己打篮球时带球过人的潇洒样子，也看不见自己跳木马时骑在马背上的窘困样子……我年轻过，却从没有机会看见自己年轻时的样子，我偶尔照镜子看到的，只是一张脸，以及刻意做出来的一些表情，而那显然不是我的全部，也不是年轻的全部。

而他们看见了，记住了，成了他们记忆的一部分。就像我清晰地记得他们年轻时的样子，就像那些埋藏在我的脑海深处的，他们的朝气、活力，趣事和囧事，已经成了我生命的一部分。

很多人，记住了我们不同的样子——

我的奶奶，在她80岁的时候，还清晰地记得我小时候淘气的样子。

我的乡下邻居，四十年没见过面了，但清晰地记得我被狗咬伤时号啕大哭的样子。

我的妻子，清晰地记得我第一次和她约会时青涩、紧张而幸福的样子。

我刚参加工作时的同事，清晰地记得我第一次穿警服，往胸口别警号时，被扎破了手指的样子。

他们是我们青春的见证者，是我们努力的见证者，是我们爱的见证者。

我记住了你，我记得你的样子，你就不曾远去，也没有淹没，更不会消失。

给孩子的生命教育

幼儿园里一只临产的母羊，送到动物医院，因为难产，死了。

难题出来了，该不该告诉孩子们？怎么告诉他们真相？

这可不是一只普通的山羊，它是幼儿园生命角的女主角，已经在幼儿园生活三年多了。

当初一位家长因为自己的孩子特别喜爱小动物，在孩子入园时，赠送给了幼儿园两只小山羊，一公一母。

两只小山羊很快就成了幼儿园的大明星。

它们是孩子们的小宝贝。每天，孩子们都会结伴去看小羊，打扫羊圈，给它们喂食，跟它们说话。

发现小羊特别爱吃青草，孩子们央求老师，开垦了一小块园地，撒上草籽，孩子们自己浇灌，养护，收割，将亲手种的青草，喂给小羊吃。

他们观察小羊的蹄子，发现它的脚和人的脚是多么不同。

他们好奇，为什么小羊的粪便，都是一粒一粒的。

他们在美术纸上为两只山羊画了各种各样的画像。

一个男孩子问沉默的小羊，你在想什么呀？

一个女孩子悄悄地告诉小山羊，你知道吗，我昨晚梦见你了呢。

他们学着大人的样子，悉心照料它们……

两只小山羊，与孩子们一起快乐地成长。

有一天，一个心细的孩子忽然发现了一个大秘密，母羊变得越来越贪嘴了，它的肚子也一天天地胖起来了。这可不得了，他赶紧将这个发现告诉老师，不能再让它吃那么多了，不然，它会成为难看的小胖墩的。

兽医检查发现，原来是母羊怀孕了。医生给母羊拍了B超，B超单上，能隐约看出小羊宝宝的雏形。

孩子们乐坏了：我们要有小羊宝宝啦。好消息传遍了幼儿园的每个角落。

孩子们更加细心地照顾着它们，特别是怀孕的母羊。

有个小女孩凑近它，一边抚摸它，一边叮嘱它，你今后走路可要慢点哦，别摔跤了，伤着宝宝。她说话的语气，就像外婆跟妈妈说的一样。

一个孩子从家里带来了柔软的垫子，让母羊睡得舒适点。

孩子们都急切地期盼着：小羊宝宝，快点降生。

转眼，放寒假了。母羊的预产期正好在假期，老师告诉他们，等到寒假结束，你们回到幼儿园，就能看到小羊宝宝了。孩子们恋恋不舍，满怀期待地暂时告别了校园。

没想到，假期，母羊却因难产，死了，小羊宝宝也没能保住。

即将开学了，孩子们回到校园，看不到羊宝宝，也看不到母羊，怎么办？

如实告诉孩子们，他们幼小的心灵会不会受伤？能不能承受得了？

有人提议，不如找一只和母羊长得像的山羊，再找一个小羊羔，这样，孩子们就不会难过，不会受伤。

这是个善意的谎言。

但如果孩子们看出来了呢，那无疑是对孩子们更大的伤害，而且，大家讨论后一致认为，既然是生命教育，就无法回避疾病、意外和死亡的话题，那也是生命链条中不可或缺的一环。

告诉孩子真相。这是艰难的时刻，也是难过的一刻。

听到消息的孩子们，都很伤心难过。

一个孩子说，我好难过啊。但她紧接着关切地问，老师肯定也很难过吧？她在平复自己的同时，试图安慰老师。

一个孩子说，我虽然不愿它离开，但是，它在另一个世界，肯定有小羊、小马，还有小狗陪伴的。

多么善良的孩子，多么懂事的孩子。一个生命消逝了，一颗生命的种子，却在他们幼小的心灵里，生根，发芽。

这个春天的花呀

//

自春节开始，朋友就一直被困在老家。从他的朋友圈忽然看到，村边的油菜花已经盛开了。

那些金色的花呀，这个春天，开得如此寂寞而灿烂。

往年的这个时候，也许还要更早一些，油菜花刚吐出一点点嫩黄，城里的人们就迫不及待地来踏青赏花了。我的家乡不是什么旅游胜地，但镇里的人，县城里的人，还有更远一点的市里的人，经常会骑着电驴，或者开着小车，成群结队，来乡下转转，他们喜欢乡里的空气、流水、鸡鸣，还有花香。

不独油菜花，还有一树的梨花，遍布乡野的矢车菊，以及爬满矮墙的迎春花，这时候都盛开了吧？有土的地方，有水的地方，有种子的地方，有根的地方，一朵花都愿意停下脚步，就地生根，只待暖暖的阳光一洒下来，它们就冒着尖儿，打着苞儿，撒着滚儿，次第盛开了。那些有响当当名号的，以及你根本叫不出名字的，都是那么招人欢喜。

往年的春天因而是热闹的，往年的花也是热闹的。

这个春天的花，却是寂寥的。春天的每一朵花都有自己的愿望。有一朵花，等待一只蜂来帮它授粉，结籽，挂果；也有一朵花兀自绽放，自在自由；一定还有一朵花，只为了等待你来看它，赞美它，摩挲它。一朵花，如果没有一个孩子看到它，它就不够天真烂漫；如果没有一位少女看到它，它就难显羞涩之美；如果没有一位少年看到它，它就不会怀春；如果没有一位壮年看到它，它也许就忘记了结果。一朵花没有人驻足流连，你就不能用人类的语言——美丽，去形容它。

这个春天的花，也是失落的。你要知道，没有一朵花是只为自己绽开的。倘若它在去年盛开，它愿意被一位小伙子摘下，作为信物，插在姑娘的发髻；也愿意被一个顽皮的孩子编成好看的花冠，歪戴在他稚气未脱的头上；还愿意被一位爱美的妈妈带回家，妆点她朴素的生活。当然，更多的花，是作为大地的点缀、春天的见证，它自成美丽风景，也甘为美丽的背景。

我要告诉你，你在去年看到的花，不是它；你在明年看到的花，也不是它。一朵花，只有一个春天。今年的花呀，它没有错过季节，是我们错过了。也不是我们错过的，而是我们被锁住了、困住了。我们的心，就像这漫山遍野的花一样，跳跃或盛开，却都满怀孤独和忧伤，寂寞而悲壮。

假如这个春天的花长了腿，它一定乐意从乡野走到城里，在公园，在道路两旁，在小区的楼宇间，由着性子怒放；假如它生出了翅膀，它一定毫不犹疑地飞到家中，飞到病房，飞到办公室，飞到每一个坚守的角落。它要带给你春天的气息呢，它要让你隔着口罩也能嗅到鲜花和生命的扑鼻香味呢。如果不能在这个春天等到你，这个春天的花呀，它一定十分十分乐意移步到你的面前。

在这个多雨的春天，我在每朵花上都看到了一滴水珠，那是一朵花的眼泪，那也是一个人的眼泪。这个春天，太多的花朵无人能见，太多的人没有见到这个春天的花朵，还有人再也见不到这个世界任何一朵花了。因此，这个春天呀，有多少朵花，就有多少滴人类的眼泪。

我怎么敢忘记这个春天，又怎么会漠视曾经在这个春天盛开的那些花朵？这个春天的花呀，请你等一等，再等一等，我快来了，我们快来了。

看小孩子走路

爸爸牵着孩子的手，过马路，走斑马线。

我跟在后面，他们走路的姿势看起来好奇怪啊。

年轻的爸爸，个子高，腿长，步子跨得大，虽然他明显放慢了脚步，但小孩子显然还是有点跟不上。但奇怪的并不在此。小孩子大约三四岁，快速地迈着小腿，似乎是要跟上爸爸的节奏。但就是不合拍。

走到马路中间，我总算看出来了。小孩子原来并不是要紧跟上爸爸，他有自己的想法和步态。他迈出左腿，小脚正好踩在斑马线的白线上，他又迈出右腿，小脚又正好踩在前面的白线上。没错，我看出他的目的了，他努力让自己的每一脚，正好踩在斑马线的白线上。他是一路踩着白线，穿过这条马路、走到对面的。他的腿不够长，所以，每一步都需要大大地跨出，爸爸拉着他的手，手上肯定还用了一点点小劲儿，小孩子偏偏要按自己的想法，让每一脚都恰好落在白线上，于是，父子两走路的节奏就乱了。跟在后面看，小孩子走路就有点一蹦一跳的样子。

我被这一幕逗乐了。有几次，我自己也忍不住像那个小孩子一样，将脚正好踩在白线上。我第一次如此童趣地过一条马路。

小孩子走路，不光光是走路，他总能在行走中走出点花样来。

人行道上铺了方砖，像一个个田字，往前延伸。小孩子最喜欢走在这样的路上。他一会儿对角线走，左脚跨到右边的格子里，右脚再跨回左边的格子里；一会儿迈着碎步，一格格走，仿佛象棋里过了河的小卒，永远一步一格；一会儿又迈开大步，横空越过一格，跨步走；他甚至还可以S形走，先斜着往一个方向的格子走，走到路边了，再反过来，往另一个方向的格子走。

如果是水泥铺的光秃秃的路面怎么办？他也能走出不一样来。他会顺着水泥的缝隙，像一条蛇一样游走；或者踩着路面上的落叶走，一步一叶，仿佛自己就是树叶上的船，有了漂泊感；如果遇到一粒石子，那就太好了，踢着石子走，石子踢到前面，走过去，再将它踢到更前面去，石子落在了另一个石子旁边了，也不踢别的石子，还踢刚才那一个，自始而终嘛；倘若干净宽阔的路面上什么也没有，那就闭上眼睛，看自己敢不敢盲走，能不能走成一条直线，又到底能盲走多远。

一个小孩子，最不喜欢的，就是只顾埋头走路，就算他是去学校，或者是回家，又或者是去买一件心爱的东西，他也绝不将走路当成简单的赶路。只是赶路，路途之上，该是多么无聊无趣啊。

如果路边有高出一小节的路牙子，他一定会放弃马路，而从路牙子上走，路牙子那么窄，走在上面，像走平衡木，忽左忽右地歪斜，他就张开双臂，像鸟的两只翅膀，让自己平衡。从路牙子上跌下来，也不气馁，上去，继续走。如果能顺利地走完一段路的路牙子，一次也没有跌下来，他就会像得了大奖一样开心。

如果去往一个地方，有一条大路，还有一条小路，他会毫不犹豫选择走小路。小路之上，有野草，也有野花；能看见蜜蜂，也能看见蝴蝶；会崎岖很多，也会坎坷很多……这一切正是他喜欢的，他就是不喜欢平坦的人人都走的大路。

如果是雨天，那就更开心啦。雨天的路上，难免有积水、烂泥，大人们像跳积木一样，走路左躲右闪，以避开那些水坑什么的。小孩子也像跳积木一样，只是他绝不是为了躲闪，而偏偏是专挑那些洼地里的水坑，一脚踏进去，水花四溅，再一脚踏进去，又是水花四溅。那些刚刚从天上落下来的雨水，又被小孩子一脚溅起，像雨珠一样飞出去，在空中翻滚、飞舞，那就是小孩子眼中雨天里最美的风景。如果是冬天，他们偏不喜欢铲过雪的路，而是喜欢走在积雪上，越厚越好，冰雪在他们的脚下发出滋滋的碎裂声，那是快乐的童声；积雪淹没了他们的双脚，那是快乐的沦陷。

这些调皮的小孩子啊，他们就是不肯老老实实地走路，他们走在路上，不是又蹦又跳，就是专找那些难走的路；不是走出各种花样，就是找到各种乐趣。

我常被路上那些孩子吸引，我喜欢看他们任何一种走路的姿势，他们将简简单单的走路，走出了童趣，走出了快乐，走出了小孩子的范儿。

我也时常听到一些大人的不满和斥责，你就不能好好走路吗？

什么叫好好走路？为什么要好好走路？这些小孩子，他们人生的路才刚刚开始呢，他们的路漫长着呢。一路上，他们必将像长大了的我们一样，历经坎坷、挫折和磨难，可这难不倒他，也吓不着他，他在小时候就已经将各种人生路上可能遇见的都演练了一遍又一遍呢，他且能在行走的过程中找到各种乐趣，不让这人生之路只变成简单无聊的赶路。

小孩子走路的花样越多，长大了，他就可能走得更稳、更远。

最美的姿势

我注意她，已经很久了。

一上车，我就看见了她。晚班地铁，人不是很多，坐着的，站着的，靠着的，几乎所有的人都在埋头玩手机。她是个例外，她手里拿着的，是一本书。她在看书。

她坐在我的斜对面。她左边的两个人都在玩手机，其中的一个人，怀里抱着背包，双手架在背包上，横着端着手机；另一个人，翘着二郎腿，一边不停地滑动手机屏幕，一边晃动着脑袋，很陶醉的样子。她右边的一个人，一会闭着眼打盹，一会又从裤兜里掏出手机，瞄几眼。车厢里，还零散地站着几个人，一个人靠着车厢，一只脚直撑着，另一只脚耷拉在这只脚背上，低头玩手机；一个穿着时尚的姑娘，双手环抱着过道上的立柱，手里捧着手机；还有一个年轻人，一手拉着吊环，一手握着手机，身体前后摇晃……

每天乘坐地铁，看到过各式各样的人、各种各样的神色，每个人的姿势也各不相同，但大家又都有一个共同的姿势，那就是低着头，看手机。她是个例外。我已经很久没有看到身边的人看书的样子了。我本来也是要拿出手机的，像我以往每次坐地铁时那样，但那一次，我忍住没有掏出手机，我承认，我是被她看书的样子迷住了。现在回忆起来，她长什么样子，多大岁数，穿着打扮，全无印象，但她看书的姿势，却深深地刻印在了我的记忆里，那是我坐地铁这么久以来，看到的最美的姿势。

一个人的姿势有很多种，站着，坐着，躺着，靠着，蹲着，走着……无论你在做着什么，或什么也不做，每时每刻，我们的身体，都会呈现出某种姿势。姿势有正确和错误之分，我们说坐有坐相，站有站相，睡有睡相，吃有吃相，就是对我们的姿势的要求。看书的姿势，也有正确与错误之分，比如看书时要端正，书不要拿得太近，不宜在摇晃的地方看书，不应在光线昏暗处看书等等，这多是从保护视力的角度出发的，是正确的看书姿势。但我觉得，不管你是在书桌前正襟危坐，还是在沙发上跷着二郎腿，也不论你是在公园的草地上席地而坐，还是在书店一排排书架下屈膝蹲着，你手里捧着一本书，你看书的姿势，无论正确与否，都是美的。

姿势也有舒适与否之分。比如坐着往往就比站着舒服，躺着又会比坐着舒服。一个人，坐在窗明几净的书房里看书，肯定比乡下的孩子骑在牛背上看书来得舒适；一个人，半倚半躺在贵妃椅上看书，也自然比在颠簸的火车上看书要舒适得多。你看书的姿势，未必是舒适的，但你看书的样子，一定是美的。

美国一个叫Steve McCurry的摄影师，用50年的时间走访了30个国家，他用手中的相机记录下了无数张旅途中的阅读者影像——有赤膊靠在大象背上看书的泰国小伙，也有枕在奶奶腿上看书的斯里兰卡孩子；有半躺在汽车引擎盖上一边等待顾客一边看书的印度出租车司机，也有演出间歇惬意地躺在小舞台上仰面看书的美国姑娘；有蹲在地上看书的也门小商贩，也有法国公园里一边走路一边看书的老妪……他们生活环境各不相同，他们的姿态迥异，但他们都有一个共同且迷人的姿势——看书。

美的，是他们看书的样子，是书的光芒。

师恩

//

他窝了一肚子火。

越想越气，不就是在你的数学课上看了一本小说吗？值得你生那么大气吗？没收了书不说，还给家长打小报告！我就是不喜欢数学，不喜欢，不喜欢！再者说了，我为什么不喜欢你的课，枯燥，没意思呗。这是你的失败，你的失败！

不行，光自己这么恼火还不行。他想，我必得报复你一下，让你知道我的厉害。

下一堂课就是数学课了。他本想逃课，以示抗议。但转念一想，这既报复不了她，又恐她再联系家长，回家又得挨训。

他有了另一个主意。

课间操。他装肚子疼，请了假。

同学们都上操场去做操了。教室里空荡荡的。他走到讲台上，蹲下身，利索地将椅子腿上的螺丝拧松。他试了试，屁股往上一坐，椅子就塌了，差一点摔了一跤。他又将椅子腿装回去，螺丝拧得松松的。他嘿嘿笑了笑。

做好操的同学们陆续回到了教室。上课铃响了。她夹着厚厚的教案和作业本，来了。

起立！坐下！上课。

她站在讲台边，扫视了一下全班，说，月末就要模拟考了，今天我们复习一下代数。转身，她在黑板上写下了几道公式。

他双手托着腮，盯着她，等着她坐下来。然而她却没有，站在黑板边，讲解着。

公式复习完了。她又在黑板上写了几道题。哪位同学会做，上来演示一下？

几个同学举手，上去做题。

他祈祷着，快点坐下，快点坐下。然而她还是没有，站在黑板一侧，看着那几个同学做题。

换了以往，这时候他早偷偷拿出一本小说或文学杂志什么的，不亦乐乎地看起来了。但此刻他一点兴趣也没有，他想象着她一屁股坐下去，然后，摔得人仰马翻。那该多么有趣啊，那将多么解气啊。这比任何小说都生动。

但她一直没坐。

有几次，她似乎有点摇摇晃晃了，支撑不住的样子。他甚至看见她瞥了一眼讲台后面的椅子，她就要走过去，坐下来了。但她站在了椅子边上，一只手撑着腰，另一只手比划着，继续讲解着万恶的代数。

有那么几次，他与她的目光相遇。他心里坏坏地想，我今天的样子很像认真听讲吧，哼，等你一屁股坐下去，你就知道我为什么这么全神贯注了，我等着看你的大戏呢。

但她一直没坐。他看见，她的额上渗出细微的汗珠。

他不明白，今天是哪来的力量支撑着她。自从去年她的腿做过一次手术后，她就不得不经常坐着上课。因为后遗症，她不能长时间站着。

还有几分钟就要下课了。

忽然，她一只手扶住了讲台。看来，她是撑不住了，她就要坐下了。

“报告！老师，我有个问题。”

她站直了身体，抬起头，循着声音看过去。她看见，他高高地举着手。

她笑着点点头，问他，你有什么问题？

他站了起来，“我，我……”他结结巴巴地说，“我，我忘了公、公式，你能再写一遍吗？”

她直起腰，转身，在黑板上，将那几道公式重新写了一遍。

下课铃声响了。

若干年后，我们一帮同学，去看望当年的班主任老师。

她已经退休了，两鬓斑白，走路一瘸一拐。他愧疚地对她说，老师，您的腿还是老样子吗？您一定不会知道，有一次，我偷偷将您的椅子腿上的螺丝拧松了，幸亏那一次您没有坐，否则我这一辈子都不会原谅自己。

她笑了，这事我也还记得，我知道那天你在椅子上动了手脚。

您知道？他吃惊地问，您怎么会知道？

那次课间操，只有你没参加，听说你身体不舒服，我就想到教室去看看你，打算带你去医院看看，正好看见你蹲在讲台后面在捣鼓椅子腿。

我，我……

我知道你是恨我没收了你心爱的小说，想搞个恶作剧报复我。她淡淡地说。

那您为什么不当场抓住我？

她看着他，说，好像那时快考试了，我不想因为这事影响你。再说，快下课的时候，你不是突然问了我一个问题吗？我知道你为什么突然提问题，是改变了主意，怕我一屁股坐下去吧。还有，如果我没有记错的话，那是你在我的数学课上，第一次举手提问题。

他羞愧地低下了头。

她笑着摸摸他的肩，其实，我还知道一件事，那天放学之后，也是你偷偷地将椅子腿的螺丝又拧紧了吧？

他点点头。

她忽然兴奋地说，我经常在报刊上看到你的文章呢，你的作家梦终于实现了，真好。什么时候，你也写写学生时代的往事，我等着读呢。

他郑重地点点头。

书香长存

朋友老席的书店，要关门了。

这是我常去的一家书店，不大，只有几排书柜，以文艺类为主。书店已开了二十几年，开业之初，是它最好的年代，不过，和那个时代一样，它的好年华也一去不复返了。尤其最近几年，网上书店盛行，这样小规模的实体书店，生存的空间日渐逼仄，老席惨淡经营着，终于熬不下去了，老席贴出告示，即将关门歇业。

很快，朋友圈里就有人转发了这条消息。这个圈子，大多是爱书的人，大家唏嘘不已。

老席这个书店，本可以生存更久一点的。

书店有两层，但摆书卖书的，却只有一层，二层被老席拿来摆了几张椅子和茶几，成了一个简易的茶楼，但凡朋友来，买不买书，都被老席邀上楼，品几杯苦茶，聊聊最近读的书。偶有新顾客，老席觉得对路，也会邀上楼，喝杯茶，聊几句。二层就这样闲着，如果也摆上书柜，多一些品种，生意或可兴隆一些。

老席的书店，还可以有另一条路。这些年，各种教辅材料卖得特别火，而且利润很高，有人游说老席，也不妨辟出一小块地方，兼卖教辅材料，以贴补亏损。老席却断然拒绝。以为老席是怕卖教辅材料毁了书店的品位，老席摇着头说，那些所谓的教辅材料，大多是拼凑而成，卖这样的东西，岂不是误人子弟？这种钱，我不挣。

老席的书店，终至入不敷出，不得不歇业了。

书店眼看没了，我们这帮朋友的心，也跟着空落落。有人在朋友圈倡议，大家都去书店买几本书，帮老席一把，或可挽救书店于困境。

老席终于在朋友圈发声了，谢了大家的美意，表示书店已苦撑了这么多年，实在是撑不下去了，才不得不关门歇业。

老席说，他已将书店的书整理分类，一类是大众读物，一类是专业性比较强的书。前者已打包，不再对外出售；后者将打折处理，可以购买，朋友们也可以拿自己的藏书来交换，但有个条件，就是拿来交换的书，必须是适合中小学生阅读的。

在大家的再三追问下，老席才说明了他的打算：那些打包的书，以及接下来朋友们拿来交换的书，将一起赠送给一家民工子弟学校，他将用这些书办一所小型图书馆。老席说，开了这么多年的书店，终于撑不下去了，心里当然很难受。书店一直勉强为继，但因为开书店而读了很多书，结交了很多爱书的朋友，还是非常值得的。存下来的这些书，就是他的收益，他不想靠朋友们的帮忙，把这些书变现，而更希望这些书能继续滋养他人。

一个书店倒了，一个图书馆建起来了，书香永存，我明白了老席的心意。

我从自己的书柜里挑选了一小捆书，明天就去老席的书店，最后看一眼陪伴了我们多年的书店，再嗅一嗅那弥久不散的书香。

悬在空中的疤痕

早晨走到阳台，惊讶地发现，阳台上的一块钢化玻璃竟然碎裂了，像一大朵裂开的花瓣一样。

幸亏是夹层的，碎裂的玻璃才没有“哗啦啦”坠落一地。细瞅，在玻璃的右下角找到了一个着力点，原来是被人用石块砸的。竟然是被人为砸碎的！一股怒火，腾空而起。

谁会砸我们家阳台玻璃？自忖搬到这个小区住了六七年，从没和任何人红过脸，更没与谁结下过冤仇，那么，这个人为什么要砸我家的阳台玻璃？立即向小区物业报案。工作人员来查看之后，确认是人为砸的，但是，是谁砸的，为什么砸，却一直没查出来。我家住二楼，虽然楼层不高，不过，要用石块砸碎这种强度很大的钢化玻璃，还是需要不小的力气的，孩子基本可以排除，最大的可能，是成人砸的。

突然，“汪，汪汪”，花花莫名地狂吠起来。花花是我养的一条狗。恍然明白，也许是花花在阳台上狂吠，从楼下散步或路过的人，听了心烦，顺手从地上拣了一个石块，砸了过来，将玻璃砸碎了。

阳台上一排整齐的蓝玻璃，唯这块碎玻璃特别显眼。从楼下稍稍抬头往上看，一眼就能看到它，像个疤痕一样。我们这是幢高层，物业管理比较严格，当初，各家在装修时，楼房的外立面丝毫不准改变，所以，楼房的外墙一直很整齐、美观。现在，因了这块碎玻璃，而有了伤痕，很不协调。

找来维修工，师傅看了看，摇摇头说，这种颜色、款式的钢化玻璃已经没有了，而且，这种弧形的钢化玻璃很难配，需要从外地调货，很费周折。不过，师傅安慰说，因为是夹层钢化玻璃，因此虽然一面碎裂了，但一时半会儿是不会坠落的。也就是说，暂时不更换也可以，只是难看一点。

那块碎裂的钢化玻璃，就一直悬在那儿。

它就像一道疤痕一样，每次看到它，我的心都会隐隐作痛，又气愤，又无奈。有时家中来了客人，看到那块碎玻璃，还得一遍遍跟客人解释，它可能是因为什么被人砸碎的，为什么又一直没有更换云云。不胜其烦。不过，每次花花无故吠叫时，我就会立即制止。倒不是怕别人再砸了玻璃，而是意识到，它的吠声惊扰了别人。这是那块碎玻璃无声地提醒着我。

慢慢地，我适应了阳台上那块碎玻璃，有时候，我甚至觉得，穿过那块碎玻璃的裂纹看出去，有一种别样的美。

我差不多已经忘记了阳台上那块被人砸碎的玻璃了。

“咚，咚咚”，有人敲门。

打开门。是个陌生的面孔，但似乎又在哪儿见过。

他自我介绍，他也住这个小区，某幢某号。难怪有些面熟，原来是一个小区的。

问他何事。他瞄了一眼阳台，说，你家阳台那块玻璃，是我砸的。

我一时错愕，没恍过神来。他又重复了一句，你家阳台那块玻璃，是我砸碎的。

终于明白过来了。但我又有点糊涂，这事都过去好久了，连我都差不多已经忘记这茬了，他怎么会突然自己找上门来“认罪”？

他顾自说，那天晚上我散步，从你家楼下经过时，你家的狗在阳台上狂叫不止，我听着心烦意乱，就从地上拣了一块石子，随手砸了过去。我只是想吓唬吓唬它，让它别叫了。只听到“啪嗒”一声，狗好像受了惊吓，还真的就不叫了。第二天散步时，我才发现，你家阳台上的一块玻璃碎了，从楼下看上去，那块碎玻璃的裂纹特别刺眼。我也想过来向你们解释一下，道个歉，赔偿你们，但又想，反正当时也没人看到，我为什么要自投罗网，自找麻烦呢？

他咽了口唾液，继续说，我以为你们会很快将碎玻璃更换掉的，没想到，一天过去了，又一天过去了，那块碎玻璃一直没换。每天早晚，我都会在小区散散步，每次路过你家楼下，我都忍不住抬头看看那块碎玻璃有没有换掉。没有，一直没有。我都不敢抬头了，我都不敢从你家楼下经过了。他重重地叹了口气，你不知道，那块碎玻璃，就像一个伤疤一样，一直悬在那儿，刺伤我，折磨我。我内心一直没有平静过、安宁过。

我今天来，就是想向你们道个歉，我愿意做出赔偿，同时，请你尽快将那块碎玻璃换掉。说完，他丢下几张百元钞票，转身走了。

等我回过神来，追出去，他已经走远了。

这是我完全没有想到的结局。那块被砸碎的玻璃，甚至已经激不起我丝毫的怨气和愤怒，我差不多已经将它彻底淡忘了，有个人，却一直为此不安。

我拨通了维修师傅的电话，请他想办法，无论如何将那块碎玻璃立即更换掉，让疤痕消失。

树叶之美

大多数的树叶，是到了秋天才显出它的美来。

不是说春天的树叶不美，那是树叶最嫩、最绿，也最有生机的时刻，它自然是美的。这时候，你摘一片叶子在手，用手稍稍一掐，就能挤出几滴春天的本色来。不过，花朵们的美，使它成了陪衬，人们在春天里只看到花朵，满树的绿叶因而都是寂寞的。

到了夏天，花朵大多结出了果实，如果这果子是人或鸟喜欢吃的，所有的目光又都聚在了果子上。这时候的树叶，每一片都在努力从阳光中获取能量，不是为自己，而是为了树叶掩映的果子们。它们被太阳烤成了深绿，甚而深蓝，有的则开始微微发黄，现出疲态。大一点的风就能将它们从树枝上拽下来，使它们过早地走完了叶子的一生。

只有到了秋天，大约在深秋吧，花朵早谢了，果实也被摘得差不多了，只剩下叶子陪伴着黑黝黝的树枝。因为挣扎了一春一夏，叶子们也早已精疲力竭，但它们会在寒流到来之前，站好最后一班岗。大多数的树叶，已经变黄，或者变红，或者变紫，忙碌的人们偶尔抬起头，看见了树枝上的它们，人们被这些五颜六色的树叶惊呆了。“姹紫嫣红”，这本来是形容花朵的，但这一次，人们毫不吝啬地用在了树叶的身上，我觉得这是最恰当的形容，也是对树叶一生最好的评价。

如果你认真地去欣赏树叶，你就会发现，每一片树叶的美又是各不相同的。

有的树叶，美在抱成团，连成片，一眼望不到边，满世界的翠绿葱茏，仿佛来到了绿色的海洋，连拂过它们的微风都带着绿意，令人沉醉。

有的树叶，在树枝上的时候显得很普通，当它们落到地面的时候，你捡起一枚，瞬间被它的形状和纹理惊艳了，有人会拿回家，夹在一本书中，这枚树叶，便有了书卷气，散发出文字的光芒。

还有的树叶，一片落在了地上，又一片落在了地上，一片接一片，它们用自己的身躯，铺就了一条金黄的树叶之路，让人叹为观止，不忍踏足。

我见过的最美的一片树叶，是在朔风之中，孤零零地挂在树干之上。它已经枯干了，但不知道为什么，寒风没有扯下它，大雪也没能让它坠落，它就那么孤单地、无望地，却也桀骜地，挂在树枝上。它在等待什么吗？它还有什么未了的心愿吗？它让我在那个寒冷而沮丧的冬日，忽然有了冲动，决计不再颓废。

而让我最为震撼的，是一次走在回家的路上，没有风，似乎也没有降温，头顶之上忽然飘下来一片树叶，又一片树叶。我忍不住抬起头，我看见了树上的叶子们，像约好了一样，纷纷扬扬地往下飘落。那么多的树叶啊，那么多的飘零啊，在半空中晃晃悠悠地，不疾不徐地，从容淡定地，飘落。那是走过半生的我，第一次遭遇一场落叶雨，它们让我看见，飘零也可以是很美的，落叶归根，回家的路，一定是很美的。

没错，如果你细心体察，你就会发现，每一片树叶，它的一生中，必有最美的一刻，可能在它韶华正茂时，也可能在它苍老飘零时，就像我们每个人平淡的一生，亦必有最美的一刻一样。

第三辑

看你一眼，心生种子

开在路口的花

//

来到杭州，你若看水的话，去西湖，或钱塘江；你若爬山的话，去玉皇山、灵隐寺，或者龙井山、南高峰；如果看花呢？不用去杭州花圃，也不用去西湖边，你在街头，每一个十字路口，都能看到鲜花盛开。

杭州并非花城，杭州也向不以花而名，但杭州的四季，总是花团锦簇，到处都是花香四溢。且不说环绕西湖的每一个开放的公园，放眼看去，都是鲜花，叫出名的，叫不出名的，一团团一簇簇，兀自绽放；就是小区里的阳台，几乎每家每户，也都种满了花花草草，层层叠叠，让你看不够。

但我更喜欢路口的花。你走出家门，或者公司的大楼，来到任何一个路口，就能看到它们。你都不用特意去寻找，它们就在那儿，它们总在那儿，它们一直在那儿，它们等你路过，路过了，你就与它们不期而遇，撞个满怀，你的眼里和你的心里，就满是花香了。

我在别地的路口，见到的总是红绿灯，与焦急地等待绿灯的汽车及行人。这个世界总是太匆忙，所有的人，都希望能赶在红灯之前，快速地穿过一个路口，又一个路口，他们总是希望能以最快的速度，奔向自己的目标，有的人耐心不够，抑或时间太紧迫，更是冒着危险闯红灯。在杭州，你不用着急，也不会焦虑，你瞅一眼路口的花，那些粉嫩的花儿，只是冲你眨个眼，或者摆摆小手，红灯就变绿灯了。

很多人来到路口，停下了脚步，他是被花吸引了。拿出手机，给花拍个照，如果有同伴，让他帮你与花合个影，发朋友圈。你在杭州人的朋友圈，总能看到很多晒花的朋友，其实他没有出远门，也没去郊游，只是又路过了一个路口而已。拍照的人，很可能错过了一个绿灯，这有什么关系，几十秒的事情，下一个绿灯就会为你再亮起来的，而你有幸与一些花相遇。我也经常看到一些车，因为没赶上一个绿灯冲过去，而被拦在了路口，开车以来，我也总是遇到这样的状况，在一个路口错过了绿灯，在下一个路口，又错过了一个绿灯，心情因而变得很糟糕，很烦躁，仿佛错失了一次次人生重大的机遇似的。在杭州的街头开车，我也会一次次错过上一个绿灯，但我不会为此焦虑，我的目光从信号灯移下来，我看到路口地面上的花朵，红的、黄的、紫的、粉的，哪一种颜色，哪一种花，都能让我的心很快平复下来，我是第一辆被红灯截停下来的车辆，这使我有足够开阔的视野去看路口的花，这是多么幸运的一件事情？

路口的花，与别地的花有什么不同吗？当然，就算是同一个季节，一样的品种，路口的花与开在公园或田野里的花，那也是不一样的。

它们见过最多的人，也可以说，它们被最多的人看到。没有人是专门来看花的，几乎所有看到它的人，不管是必经之地，还是偶尔路过，都是偶遇，他们原本都行色匆匆，因为在路口撞见了这些花，而停下了匆匆的脚步。每一个路口，都永远川流不息，只有这些花，与信号灯一样，驻守在这里，忽黄忽红，忽绿忽黄。没来得及看它们一眼也没关系，这些路口的花，早将花香撒满了整个路口，无论你是从南往北，还是由东向西，你走过时，带走的那阵风里，就一定有花香，随你走进写字楼、工地，或者你的家里。

白天，路口的花不会寂寞。它看南来北往的行人，看滚滚车流，看红绿灯跳来跳去，这一天就过去了。它们守在各自的口子，与对面的花遥遥相望，只隔着一条路，那么近，却一辈子不得靠近。春风从南方来，最南口子的花，自然最先感受到春天的温暖，还未等它将这个消息告诉对面的花伴，风早就穿过路口，将春天的信息传遍每一个方向了；有时候雨从东边来，噼里啪啦，打在最东口子的花身上，只一眨眼，另几个口子的花，也在雨中舒展身姿了。风再大一点呢，雨再大一点呢，一个口子的花瓣被扯下来，另一个口子的花瓣也被扯下来，它们就在风雨中混合在一起，这是一朵花与另一朵花一辈子唯一谋面的时刻，就像那些走过这个路口的人一样，一次次擦肩而过，却一辈子不得相识。只有到了晚上，深夜，路口少有地安静下来，有些路口的红绿灯变成了单调的黄灯，一闪一烁，这时候，东边口子的花，南边口子的花，西边口子的花，还有北边口子的花，这些路口的花啊，它们在没有人注视时，开始斗艳，它们的香气和艳丽，在空气中无声地缠斗，混合，弥散，最后，被第一个早起路过的人，嗅到。

每天我都会经过一个个这样的路口，我看到这些花，就如这些花也看到了为生计忙碌的我；很多花，我并不能叫出名字，就如这些花也叫不出从它身旁走过的人的名字。我只看到了路口的盛开，似乎它总是在盛开，事实上，它的发芽、含苞以及枯萎、凋零的过程，我或者没有看见，或者视若无睹，我只是看见了它们的盛开，一茬又一茬，一春又一春。就像这奔涌的路口，总是来来往往的一波波人流，有的自东，有的往南，有的向北，有的朝西，有的负重，有的轻装，有的面带笑容，有的愁容满面，只有一点是一样的，我们在努力地奔向各自的生活。亦如这路口的花啊，兀自绽放。

看你一眼，心生种子

朋友的家我没有去过，但那些阳台上的花花草草，我都见过。每天，她都会在朋友圈发一张或一组它们的图片。一朵花打苞了，一颗草籽发芽了，一只蝴蝶飞来了……她都会及时发布，更新。她的朋友圈，就是一处生机盎然的小花园。

每天，都会有很多人点赞，点评。让我怦然心动的是一位朋友的点评：每天在你的朋友圈，看一眼你的阳台，看一眼那些美丽的花花草草，便在心里种下了一颗种子。

看你一眼，心里便种下一颗种子。多美的经历，多美的感受，多美的种子。

生活中从不缺乏美，我们看到了，即使什么也没说，即使我们没有文学家的优美辞藻来赞美它，有什么关系？一颗美好的种子，已经种进了我们的心里——

难得早起，看到草叶上的一滴晨露，它就是一粒种子；

在大街上行走，看到一个背着书包的孩子，手里拿着一个纸片，走了很远的路，最后，将它投进了路边的垃圾桶里，它就是一粒种子；

斑马线前，有人欲横穿马路，一辆车停下来了，又一辆车停下来了，它就是一粒种子；

前面一位年轻的妈妈，怀抱着孩子，孩子伏在妈妈的肩头，向后张望，我与孩子的眼睛撞在了一起，孩子忽然咧嘴冲我笑了笑，它就是一粒种子；

走在我前面的人，推开旋转门，待我也走进去了，才松开手，它就是一粒种子；

抬头看见蓝天，白云，它就是一粒种子……

如果你稍稍留意，你就会发现，生活中有太多这样的一刻。你看见了它，你经历了，你融在其中了，你切身感受到了，那么，你的心里，就会种下一粒种子。

没错，生活从不是风花雪月，有很多不如意，甚至悲伤和灾难。艰辛的生活，让我们的人生充满挣扎和苦难，视而不见与粉饰太平，都是对生活也是对自己的不尊和背叛。我们赞美生活，并非因为它总是美好的，艰难、忧伤、痛苦，总是如影相随。我要说的是，纵使人生再艰难，纵使我们的心千疮百孔，也别忘了，天空中还有飞翔的蒲公英，生活中总有那温暖的一刻，它就是一粒希望的种子。

打开心扉，那粒种子就会飞进来。

心里有种子了，心才会像一块土地一样，不会荒芜。

一粒种子，未必能发芽；一粒种子，也未必能成为一片姹紫嫣红的花园。没关系，这个世界从不缺乏这样的种子，总有一粒种子，它飞进了你的心田，并在你心中最柔软的地方，扎根，发芽，成长。心中这样的种子多起来了，希望和信心就会重新回到我们身边。

永远不要小觑一粒种子的力量，它能穿越寒冬，也能破崖而出。就算它被埋在了我们心底，也定然能在某个春天，挣脱一切桎梏，冒出动人心魄的嫩芽。

如果你在庸常的生活中，遇到了怦然心动的一刻，那是一粒种子，不要拒绝它。

如果我看你一眼，心生温暖，亦请不要拒绝，因为，你也是这样一粒种子。

一点点收集起来的阳光

寒凉的天气，车子在路边停了一上午。冬天的阳光洒在车身上，惨淡得就像铺了一层月光一样。然而，打开车门，你会惊讶地发现，一股暖烘烘的气息扑面而来，仿佛打开了一扇暖房的门。那些看起来淡淡的、白白的、无精打采、似乎没有什么温度的冬日阳光，被一点一点地收集起来，使车厢里温暖如春。

这真是让人惊喜，那些被一点点收集起来的阳光，慢慢地渗入你，温暖你，拥抱你。这些细碎的阳光啊，凝聚起来，集结在一起，就具有了无比温暖的力量。

我的一位老乡，租住在闹市区的一个地下室，常年见不到阳光，周围又没有可以晒被子的地方，但她家孩子的棉被却永远是香喷喷的，散发着阳光的味道。原来，只要是晴天，老乡出门上班的时候，就一定会将孩子睡的棉被带上，在她工作地的附近，找一个能晒到阳光的地方，将孩子的棉被拿出来晒一晒。她是一名环卫工人，负责两条道路的保洁工作。因为周围高楼很多，一个地方往往只能晒一两个小时的阳光，她就会不断地将棉被从一个地方换到另一个地方。

穿过高楼大厦，散落在棉被上的一粒粒阳光啊，就像一只只温暖的小虫，倏忽钻进棉被里，藏匿起来。一只阳光小虫，又一只阳光小虫，它们聚集在一起，就是一个小太阳呢。晚上，当疲惫的孩子钻进被窝里的时候，阳光小虫就又一只只爬出来，钻进孩子的肌肤里，温暖、呵护着孩子。

我感动于这样的生活，虽然艰辛，却从不失温度。

生活中，还有另一些阳光，也是这样被一点点地收集起来，照亮、温暖我们的人生。

我认识一位乡下的老医生，在他简陋的诊室里，为乡邻们坐诊了几十年。冬天，乡亲们来看病，给病人听诊前，他都会先搓搓自己的手，搓啊，搓啊，搓得热乎了，搓得红彤彤了，然后，捂住听筒，直到冰凉的听筒被捂热了，不再冰凉刺肤了，才开始给病人听诊。

这个老医生，他搓热自己的手，就是把自己身上的阳光小虫，一粒粒唤醒，让它们来捂热自己的病人呢。什么是医者仁心？这个微小的细节，就是。

对门住着一对老夫妻，老头的门牙掉得差不多了，却有个嗜好，喜欢吃瓜子。以前都是自己嗑，“咔吧”，嗑一颗瓜子；“咔吧”，又嗑一颗瓜子。可是，现在门牙没了，嗑不起来了。

怎么办？

老太说，我帮你啊。

老太就用手帮他剥瓜子，“啪”，剥了一颗瓜子仁；“啪”，又剥了一颗瓜子仁。但是，老头嫌一粒瓜子太小了，简直不够塞牙缝。老太也不恼，继续帮他剥，剥了一颗，又剥了一颗，积攒了十来颗瓜子仁，再一块给他。老头乐了，一把全塞进嘴里，门牙尽失的嘴巴，瘪瘪地包裹着一嘴的瓜子仁，脸上露出惬意的笑。

这是我在阳台上看到隔壁阳台的一幕。我经常看到的另一幕是，老头帮老太梳头。老太的头发已经掉得差不多了，老头一根一根地将它们梳通，理顺，然后，再结成小辫。从我搬家过来，看到老太的第一天，她就一直梳着这样的小辫子。

老头可以自己用手剥瓜子的，老太也可以自己梳头的。但是，她帮他剥瓜子，他帮她梳头，一天又一天，一年又一年。

这就是生活里的阳光，它们被一点点地收集起来。这些细碎的阳光啊，当它们集合起来，就有了无比温暖的力量。

人心是有眼儿的

我们都喜欢与实心实意的人交往，不过，人心并不总是实的，也不是密不透风的，事实上，它是有眼儿的。

它叫“心眼儿”。

心眼儿有大有小。心眼儿大的人，胸怀大，格局大，肚量大，能容天下难容之事，什么苦都能吃，什么委屈都能受，什么难都能忍，什么坎都能过，仿佛普天之下就没有心眼儿不能包容的，也没有什么是不能穿它而过的。心眼儿小的人，就像细密的筛子，眼儿太小，能过的东西就不多。这个不能过，那个又放不下，结果必然是把自己的心眼儿都堵死了，以致不能呼吸，沉闷而无趣。

心眼儿也有好坏之分。好心眼儿，就像春天的枝头，止不住地散发着鲜花的芬芳，给人帮助，让人开心，送人温暖。在人群之中，好心眼儿的人总是居多的，它们互释善意，你帮我，我助你，使人生向好。当然，好心眼儿也不是总办成好事，有的时候，也很可能好心眼儿偏偏办了坏事，帮了倒忙，添了乱子，但别的心眼儿，都会原谅它。坏心眼儿不一样，坏心眼儿犹如灯下的黑，又如黑中的蚊子，总是偷袭你，恶毒地咬你一口，不但吸你的血，还要把病毒传染给你。人们之所以特别憎恨坏心眼儿，就是因为它像个瘟神，从它的眼儿里，冒出来的，都是糜烂的毒气，防不胜防，而且对世道人心，具有极强的杀伤力。

人心人心，人皆有心，有心就有心眼儿。但心眼儿这东西吧，奇妙得很，也古怪得很，让人难以捉摸。想多了，容易变成小心眼儿。那就少想点吧。少想也不成，想少了，容易给人感觉是个没心没肺，没心眼儿的人。一直想吧，不停地想，又一不留神就成了死心眼儿。那干脆就不想了吧，似乎更危险，因为，你很可能成为一个不幸的缺心眼儿的人。

一个人心眼儿太多，什么事都要像嚼口香糖一样，颠来倒去地去嚼一嚼，想一想，是很可怕的。红楼梦里的王熙凤，心眼儿就贼多，人送外号“一万个心眼”。一个人有一万个心眼儿，眼睛眨一眨，就是一个鬼点子，你怎么能斗过他，又怎么敢相信他？与这样的人交往，你就不得不多一个心眼儿，不是让你弄出一万零一个心眼儿，那会让你自己抓狂。只要多出一个心眼儿就够了，这个心眼儿，是专门留来提防、对付他那一万个心眼的。

一个人喜欢另一个人，如果是打心眼儿里的，这个爱，就是无条件的，可靠的，能够天长地久的。这种情感，就像泉水从泉眼里汩汩地冒出来一样，永不枯竭。一个人若与另一个人玩起了心眼儿，就是一个十分危险的信号，心眼儿不用玩几次，感情就会亮红灯，所有的甜言蜜语山盟海誓，很快都如过眼云烟。

心就是个口袋，东西装得少的时候，轻灵，透气，旷达，它叫心灵；心灵所承载之物多了，就需要一个或若干个心眼儿，通通气，透透气，使心能自由地呼吸，它叫心眼儿；心眼儿太多了，弯弯绕太多了，总是在算计，它叫心计；一颗心算计了这个，又算计那个，算计了今天，又算计明天，算计来算计去，它叫心机。到了这一步，一颗心，差不多就算死了。

我希望自己的心，就像一只笛子，它的所有的眼儿，都是为了飞出婉转动听的音符。我希望我的心眼儿，也总是婉转动听。

看见自己生命的惊人光芒 //

你即将研究生毕业，参加工作，走入社会了。儿子，这意味着，你将正式长大成人，独自面对社会和你的人生。作为你的父亲，在你的成长路上，我曾经教育你很多，今天，我想再送你一句话："当你陷入孤独和黑暗时，我希望让你看见，你自己生命的惊人光芒！"

这句话，是古波斯伟大的诗人哈菲兹的诗句，在你步入社会之初，我相信没有什么能比这句话，更能表达一个父亲的心愿和嘱托。

虽然你才二十出头，也已尝到了不少失败和挫折的滋味，但相对于未来的路来说，之前的失败和失意，或许根本不值一提。

中考提前招生时，因为太在意结果，考试前一晚，你失眠了，还发了烧，导致第二天的考试发挥严重失常。那年，你没能走进萧山中学的实验班。这对你来说，可谓人生的第一次重击。我至今清晰地记得，分数公布的那一天，我去学校接你，你一言不发，我既没有问你结果，也没有安慰你。我知道，对一个15岁的少年来说，那样的失败意味着什么，而任何安慰的语言，此时此刻，都无比苍白。

此后的一个多月，你加倍地努力，我知道你心里蓄着一股劲，渴望在中考时，你的小宇宙能够全部爆发出来。生活没有辜负你，那年中考，你得了514分的好成绩，被杭州最好的中学——杭二中录取。拿到录取通知书的那天，你终于笑了，笑得有点自鸣得意。这没什么不对，你凭自己的努力，获得了成绩和认可，为什么不可以高兴一回，得意一番呢？

对大多数学生来说，踏进杭二中的大门，意味着半只脚跨进了理想大学的门槛。我们也是这么以为的。孰料，三年之后，当你踌躇满志、信心满满走进考场，我们也满怀期待的时候，考试结果再次给了你、也给了我们全家当头一棒，你的高考成绩，比平常的摸底考试，足足低了100多分。所有你曾经梦想过的名校，都与你无缘。最终，你不得不选择了远在千里之外的一所大学。那差不多是你们班的同学考上的最差的一所大学了。

作为你的父亲，还有你的母亲，我们算是第一次真正品尝了你的失败带给我们的失落和惆怅，那痛苦的滋味，一点也不逊于我们自己的失败和失意。但是，我们知道，与你的感受比起来，我们的痛苦算不了什么。所以，我们一点也没有责怪你，我们只希望你能把握好大学四年，给自己未来的人生打好基础。

大学期间，因为你的成绩非常优秀，在大三时，被学校推荐到北京大学去升造了一个学期。我也因此有幸第一次走进了北大的校门。你知道，那对一个父亲来说，是多么自豪的一件事情吗？可是，当你在北大的成绩出来的时候，我们完全惊呆了，你竟然有3门主课不及格！后来你才坦白真相，不是北大的考卷有多难，而是这整整一个学期，你基本上就是在北大边的一个小网吧里度过的。你怯怯地告诉我们，你沉迷游戏，已经很久了。

儿子，今天我可以实实在在地告诉你，那是比你高考失败带给我们更大的更严重的打击。高考失败，还有很多意外的因素存在，而你在北大的表现，简直就是自甘堕落、自我葬送。你把这么好的一个机会白白断送了，而且，给自己的大学成绩单，第一次挂了三个红灯笼。

我以为，在你身上再也看不到什么希望了。那是我第一次对你如此失望，又如此绝望。我甚至差不多想放弃了，就像我这大半辈子，一次次放弃了自己的梦想一样。

然而，让我引以为豪的是，儿子，你没有放弃，你自己没有放弃。从北大回到学校后，你彻底觉醒了，断了游戏，重新拾起了课本，不单将那三门挂科的科目重修过了，而且，最终以不错的总成绩排名，被保研到浙江大学。你在人生最黑暗的时候，自己开启了另一扇希望的大门。

儿子，回首这二十多年，你的人生也算是磕磕绊绊，一点也不顺利。你一次次遭受着失败的重击，又一次次自我疗伤，完成蜕变。在你失败的时候，在你失意的时候，在你彷徨的时候，在你经受挫折的时候，虽然我们也支持你，鼓励你，给你以信心和力量，但是，跨过所有艰难门槛的，靠的都是你自己。

未来，你可能会遭遇更多的挫折、失败和打击，你会发现，人生一世，殊为不易，你难免会陷入危机、困境、孤独、无助，甚至绝望和黑暗之中。怎么办？我希望你能记住我今天跟你说的话，我希望这时候你能看见，你自己生命的惊人光芒。

我们不能陪伴你、照顾你、帮助你一辈子，你自己的人生之路，必须你自己走，你可能遇到的任何困难和挫折，都只能自己去面对。你不能指靠任何人，唯有你自己的光芒，是离你最近的；唯有你自己的光芒，是伴你终身，永不熄灭的；唯有你自己的光芒，是自由的，不受任何人限制、左右的；唯有你自己的光芒，是不能被任何别的光芒所掩盖或扼杀的。

你自己生命的惊人光芒，就是你自己的能量，自己的源泉，自己的初心。

它就在你自己身上，我希望你能看见它，并守护好它。

如果你看见了你自身的光芒，你会发现，这个世界没有无法穿透的黑暗；你会相信，你的每一滴汗水，在不远的未来，都会凝结成花朵上的一滴甘霖；你也会惊喜地看见，你正昂首阔步行走在你自己照亮的，一条通往未来的幸福之路上。

亲爱的儿子，我不能照亮你一辈子，但你自己能，因为，和所有的青年一样，你们身上，都有着自身的惊人光芒。我看见了，希望你也能看见。

与你在一起的日子

两对夫妻，一起去自驾游。

路上，车出了故障，两个男人捣鼓了半天，满头大汗，也没弄好。其中的一个妻子见状，开始埋怨丈夫：你看看你，连车都不会修，这么多年你都是怎么开车的啊？进而又联系到平时在家里，也是这也不会修，那也弄不来，简直不像个男人。妻子越埋怨，心情越糟糕；丈夫更是被指责得尴尬、恼怒不已。

另一个男人也不会修车，也是干着急。但他的妻子没有埋怨，而是给他出主意：还是打电话请道路救援吧。又指着附近说，你们看看，这个地方也是蛮美的嘛，那边有个湖泊，救援人员赶过来还有段时间，不如我们过去看看吧。本来就是出来旅游的，正因为车子出了故障，我们才有机会看看它，多意外，多有缘啊。

游玩途中，忽然遇雨。两对夫妻，都没有带伞，附近又没有避雨的地方，雨虽不大，但还是将他们都淋湿了。其中的一个妻子一边抹着脸上的雨水，一边又开始抱怨，刚刚还是晴空万里，怎么突然就下起雨了？扭头瞄一眼丈夫，似乎找到了根源，继续抱怨，都怪你这个霉鬼，做什么都背运，这么多年了，跟你在一起什么事情都不顺。丈夫一脸无辜地说，天要下雨，怎么能怨我？妻子不满地说，那你不知道带把伞啊？丈夫回，你不也不晓得带伞吗？就这样，两个人你一言我一语，吵开了，两个人的心情啊，比雨还湿。

另一对夫妻也是淋成了落汤鸡。妻子打趣说，你看你头上那几根头发，全都贴脑门上了，真成了落汤鸡了。丈夫也打趣说，还笑话我，你也好不到哪去呢，跟落汤凤凰一个样。丈夫接着说，都怪我不好，没想到天会下雨，要是带把伞，你就不用淋雨了。妻子说，天又不冷，淋点雨没事，再说，雨中漫步多有情调，多浪漫啊。说着，挽起丈夫的胳膊，走在雨地中。两个人的心情啊，比阳光还晴朗。

同样去旅游，同样在一起，两对夫妻的感受，就是这么不同。

忽然想起一段很流行的话：跟你在一起的时光都很耀眼，因为天气好，因为天气不好，因为天气刚刚好，每一天，都很美好。

之所以每一天都很耀眼，是因为跟你在一起。天气好的日子，心情自然晴朗；天气不好了，因为有你在身边，内心也依然是晴空万里。天气不能左右我们的心情和情感，相依相守，才使生命中的每一天都明丽耀眼。反之，如果心中没有牵挂，没有爱恋，纵使朗朗晴空，纵使两个人捆绑在一起，心情也必黯淡无光。

曾经被两个场景深深打动。

一对夫妻，驾车途中，遭遇车祸，车翻了，两个人从车里爬出来，你看看我，我看看你，虽然鼻青脸肿，所幸都无大碍。一般人遇到这样的事，不是愁容满面，就是互相埋怨指责，但这对夫妻不是，他们觉得，这也是人生难得的经历，夫妻俩，竟然在倾翻的车子面前，自拍留念，还发到了朋友圈。瞧瞧，他们的心，该有多大、多宽敞啊。

还有一个外国家庭，半夜家里突然失火，抢救不及，一家人只好仓惶逃出房外，眼睁睁看着自己的家毁于大火。让我惊讶与感动的是，他们没有在大火面前捶胸顿足、痛哭哀嚎，而是选择一大家子人站在房子前，以熊熊大火为背景，面带笑容，与这个居住了一辈子甚至几代人的家，最后一次合影留念。房子没了，亲人还在，家就在。这就是对亲情、对厮守、对家庭最好的诠释。

与你在一起，能同甘共苦，则甘是甜的，苦也能作乐，每一天，都很美好。

穿着爸爸的大鞋

妹妹在家人群里，发了一个小视频，把我们都逗乐了。

她的小孙子，穿着爸爸的皮鞋，在家里走来走去。他的脚太小了，鞋太大了，走起来踉踉跄跄。左腿是迈出去了，右腿却没跟上，“啪”，鞋掉了，小脚丫子冲了出去，还差一点摔倒了。小家伙不甘心，赤脚走回来，把脚塞进去。等等，我用“塞”这个词，似乎是不准确的，那么大的鞋，那么小的脚，还用塞吗？但我细看视频里的娃，还真是用了吃奶的劲，用力将脚塞进去的，他是想尽量将他的小脚，塞进又宽又大的鞋腕里，这样走起来才能用得上劲吧。

这一次，他成功了，走了好几步，这让他很开心，很得意，脸上有点傲娇的样子。他从客厅走到了卧室，又从卧室走到了厨房，好像在用爸爸的大鞋丈量这个家的尺寸。有一次，他甚至试图打开大门，想要穿着这双大鞋走出门去，可惜够不着门把手，开不了门，他回头看看，脸上是求助的表情，不过，很显然，他被拒绝了，穿着这么大的鞋出门，不安全呢。不能穿着大鞋出去，让邻居的小伙伴们艳羡，他也不急、不恼，继续穿着大鞋，很认真地在家里走啊走啊……

我们都笑翻了。正在读中学的小侄子好奇而纳闷，他为什么那么喜欢穿他爸爸的大鞋啊，这很好玩吗？

跟他一样，小时候你也穿过爸爸的鞋。我们告诉他。

我也穿过。记得小的时候，有一天我们兄妹几个在家里乱翻，竟然从箱底翻出了一双军用皮靴，这是父亲从部队退伍时带回来的，他自己舍不得穿，压在了箱底。我们如获至宝，拿出来，端详，摩挲，嗅嗅它的独特气息。大妹妹说，哥，你试试？这正是我想的。光脚丫子套进去，怕弄脏了，不敢在地上走，就爬上床，在床上走，从床的这头走到床的那头，又从床的那头走回床的这头，脚下的枕头和被子软软的，大鞋踩在上面，真的像大船在水上漂浮一样。靴子太大了，太沉了，很吃力，但内心很兴奋，感觉自己就像个威武的将军。两个妹妹后来也忍不住爬上床，穿上了爸爸的皮靴。她们的脚更小，力气更小，靴帮都超过了膝盖，但这一点也不影响她们穿上爸爸的靴子时那份激动和骄傲。

父亲回来后，发现了我们的秘密，他没生气，只是告诉我，这双鞋，是想等我长大了，脚能穿上了，就送给我，让我穿着它，去镇上的中学读书。也许就是从那一天开始，我就特别渴望长大，长大了，长高了，我的脚就穿得上这双靴子了，我就可以穿着它去镇上读书了。回头想想，我的生活，似乎从那天开始，有了明确的目标。后来我真的长大了，也真的考进了镇里的中学，我却并没有穿过那双父亲的靴子，它已经太旧了，款式太老了，它留在了我的记忆里，它助力了我的成长。

男孩子们一定都穿过爸爸的鞋，就像女孩子们一定都偷偷穿过妈妈的裙子。不是因为爸爸的鞋多么好，而是因为，爸爸的鞋比我们的鞋大，爸爸的鞋比我们走过的地方更多更远，我们对长大和远方都充满了好奇和期待，在我们自己还不能实现这些之前，我们穿上爸爸的大鞋，就是想提前感受一下成长和远足的滋味。不是因为妈妈的裙子多么美，而是因为，妈妈的裙子上留有她青春的气息，洋溢着爱的味道。

在我们长大之后会发现，世界颠倒过来了，我们的老父亲，开始穿上了我们不再穿的鞋子和衣服，那些我们因为款式或别的什么原因，而打算扔掉的鞋和衣服，他们舍不得扔，穿上了。如果鞋子比他的脚还大的话，他就会在脚后跟塞点报纸，衣服太紧连纽扣都难以扣上的话，他们干脆就敞着。最搞怪的是，年轻的款式穿在他们发福衰老的躯体上，一点也不协调，但他们也从不嫌弃。所以，你在马路上看到一个穿着校服的白发苍苍的老人，不要笑话他/她，那可能是他儿子的，也可能是她孙女的。

生命和爱，就是这么传递和轮回的。

大花脸

自动感应的雨刮器像疯了一样，来回刮动，雨倾盆而下，怎么刮也刮不干净。

她小心翼翼停好车，望着几十米外的楼房，那儿是她的家，却回不了。她记得车上是有把伞的，但找不到了，也许是上一场雨时，自己用过后忘了放回车上。差不多有一个多月没有下雨了，空气燥得能烧着，忽然就下了这场雨，天空将它积攒了一个多月的雨水，哗啦啦全倒下来了。

找不到伞，也得回家，女儿今天一个人在家里呢。她刚刚打电话问了丈夫，他被雨堵在了地铁站，也回不了家。她盘算着，如果这样冒雨跑回家，肯定瞬间淋成落汤鸡。她已经等了快半个小时，雨一点也没有小下来的意思。不能再犹豫了，就算是下刀子，也必须得赶紧回家，女儿一个人在家里，多一秒钟，她都不能安心。她拉开车门，做好了姿势，准备双脚一跨出车门，就以百米冲刺的速度，奔向楼梯洞口，跑回家。

她打开了车门，左腿刚落地，忽然，一把伞，伸到了她的头顶上。

是女儿！

只有7岁的女儿，吃力地撑着伞，站在她的车门前。没有风，但女儿撑着的伞，还是摇摇晃晃的，太多的雨水打在伞上，女儿支撑不住。“妈妈，妈妈，伞！”

她赶紧一手接过女儿手上的伞，另一只手一把抱起女儿，女儿的鞋和裤脚，都已经被雨水淋湿了。

她抱着女儿，一路小跑着到了楼梯口。

放下女儿，收起伞。她蹲下身，将女儿脸上的雨水抹干净。她这才想起来问女儿：“下这么大雨，你怎么自己跑出来了？你看看你身上，都淋湿了。”她心疼地抹了抹女儿的头发，也有点湿了。

女儿说：“我给你送伞呀。我趴在窗户上，看见你的车了，我、我就下来，给你送伞了。”

她看着女儿，小小的脸红扑扑的。她没想到，女儿会冒着这么大的雨送伞下来，女儿是真的有点懂事了。

她牵着女儿的手，上楼，她要赶紧给女儿换衣服，擦干身上的雨水。

回到家，给女儿换好了衣服，吹干了头发，她准备去将丢在门外的雨伞拿到阳台上撑开，晾干。拿起伞，她愣怔了一下，伞面花花绿绿的，成了大花脸。这不是一把普通的雨伞，严格地说，它就不是一把雨伞，而是一把油纸伞，一把工艺伞。这是上个月她带女儿去一家儿童康复机构治疗时购买的，她和女儿一起用画笔在伞面上画画，女儿画了一大片草地，还有各种各样的小花，五颜六色。女儿有轻微的自闭症，医生说，绘画有助于打开孩子的心扉。女儿特别喜欢这把油纸伞，那天画得很认真，回来后，就老是盼着下雨，想打着这把自己画的伞，与爸爸妈妈一起，在小区里散步。她告诉过女儿，我们家有好几把雨伞呢，而这把不是雨伞，它是你的作品，我们不要用它挡雨，将它珍藏起来，好不好？女儿不懂什么叫作品，她就盼着下雨时打着这把伞。那之后，偏偏一直没有下过雨，女儿似乎也慢慢忘记了这件事。前几天，她将这把伞收藏在了书橱的上层，这样，女儿就够不着它了。

她问女儿，你是怎么拿到这把伞的？

女儿说，我站在凳子上拿的。果然，书橱边上，放了一张凳子。她想想感到后怕，这要是摔下来，可怎么得了？

她又问女儿，家门口的鞋柜里不是有好几把雨伞吗？你要打伞的话，可以拿那里面的伞啊。

女儿说，我就想打这把伞去接你。

她看了看手里大花脸一样的伞，摸摸女儿的脸，她不想责怪女儿，她怎么忍心责怪女儿？！她用餐巾纸，将伞面上的水渍擦干，这一擦，伞面变得更花了。

女儿看着她，看着伞，忽然咯咯笑了，它成大花脸猫了。

很久没有听到女儿这么清脆的笑声了。她也笑了。问女儿，你还记得那天我们一起在伞上画画吗？

女儿点点头。她说，星期天，我们一起再去画，好不好？

女儿用力点点头，忽然说，妈妈，我们还画伞好吗？

好啊。她说。

妈妈，我听你的话，下次画的伞，下雨天我就不打它了，不然，它也会跟这把伞一样，变成大花脸的。

不不，她说，宝贝，你喜欢的话，下雨天就打这把伞。你看看，它虽然是大花脸了，可是，它多开心啊。它喜欢你，才这么开心的呢！

她的眼里湿湿的，心里暖暖的。大花脸有什么关系，大花脸才开心呢。

放风筝的父与子

城市广场上，很多人在放风筝。

大多是男人带着孩子，女人则坐在草地上，笑吟吟地看。

我注意到了一对父子。他们之所以特别醒目，是因为他们的风筝比别人的都大，看得出是自己做的。也许是父亲亲手制作的，也许是父子俩一起做的，母亲大约也帮了不少忙，因为裁剪和缝纫的针脚精细缜密。做出这样的风筝，肯定花了不少时间和心思，但过程一定充满了快乐和期待。

他们将风筝平铺在地上，孩子牵着风筝的尾，父亲开始放线。放了十几米，父亲回头，将线拉直，绷紧，然后，右手拽住线，高高举起。父亲的这个高度很重要，风筝能不能顺利飞起来，与他手中的线能举得多高有很大关系。

父亲看着孩子，问，你准备好了吗？

孩子兴奋地回答，好了。

父亲大喊一声："放！"同时，转身，一手举线，另一手拿着转盘，快速奔跑。他身后的风筝，摇摇晃晃地飞了起来。

孩子飞快地跑向父亲，他很快就追上了父亲。你很难想象，一个孩子的奔跑速度能有多快，他总能追上父亲，并且最终一定跑得比他还快。

风筝已经升到了树梢的高度，它必须飞得更高。这时候除了继续奔跑外，还需要一点风。风总是有的，只是大小不同而已，一个高明的人，即使在感受不到一丝风的时候，也能把风筝放飞到天空，他靠的是力量和智慧。而现在是春天，一个多风的季节，最重要的是，升腾的地气，能够助人一臂之力，让风筝轻快地飞往高空。春天，除了万物生长外，也比任何时候都更容易放飞风筝和梦想。

父亲将手中的转盘和线都交给了孩子。孩子激动地接过来，紧紧地拽住风筝的线。他一圈圈地将转盘里的线放出来，希望风筝快一点飞到高空。可是，风筝突然在空中打了一个趔趄，摇摇晃晃，像喝醉了酒一样。儿子慌了手脚，不知所措，父亲赶紧一把将线拉紧，紧绷的线使半空中的风筝停止了摇摆。等风筝完全稳住了，父亲告诉儿子，可以继续放线了。

孩子很快就搞懂了放风筝的诀窍：紧一紧，是为了稳住风筝，不让它失去重心和方向；放一放，是为了给风筝自由，让它能够飞得更高。孩子笑了，父亲也笑了。

他们的风筝，飞得越来越高。

转盘里的线已经不多了，孩子想将最后一点线也放掉，这样，风筝就能飞得再高一点。但父亲阻止了他，父亲告诉他，如果将线全部放完了，一旦风筝在空中遇到强风，你就没有线可放了，也就失去了缓冲的余地，风筝很可能被强风卷走，线断而去。孩子似懂非懂地点点头。他仰起头，自豪地看着高空中的风筝像鸟一样翱翔。

他们牵着高空中的风筝，走到了一个女人的身边。女人抬起头，一手遮在额前，眺望高空。她看到了他们的风筝，飞得那么高，那么稳，她摸摸儿子的头，甜甜地笑了。

在晴朗的天空中，飞满了风筝。城市广场上，到处是笑意盈盈的人们，男人、女人和他们的孩子。

花早枯了，它还绿着

朋友嫌我办公室太单调，送来一束花。2枝百合，9朵康乃馨，还有一枝陪衬的绿植。百合都是6头的，有几朵已经盛开，另外的含苞待放，朋友说，这样可以多养几日。

我笑笑。我不养花，也不知道怎么养。

朋友也笑笑，百合和康乃馨都不难养，每天换个水就成。

从同事那儿借来个空花瓶，插上。邋遢如我的办公室，骤然有了一股香气，以及一点温馨的氛围。

虽然小心伺候，几日之后，盛开的几朵百合，还是一朵接一朵枯萎了。而那些花苞，可能自知时日不多，争相开放。可惜大多开到一半，就无力地垂下了花瓣。9朵康乃馨，也齐刷刷耷拉下脑袋，像极了我们挨领导训话时的样子。

不到一个星期，花都枯了，萎了，呈出败相。

是告别的时候了。从花瓶里移除它们时，惊讶地发现，那枝绿植，还是郁郁葱葱的，遂将它挑出来，放回花瓶。

偌大的花瓶，只剩下那枝绿植，这情形就像深夜的办公室，空荡荡的角落里，总是亮着的那盏孤灯，以及被它拉得很长很长的加班的人的身影。

我说过，我不会养花，照顾不好它们。对这枝绿植，我更是无心侍候，常常个把星期，我都忘记给它换一次水。

但它绿油油的，鲜活的样子，我忘了照顾它，它也一点不委屈。

给它换水的时候，看见它的底部，竟然生出了密密匝匝的根须。它本来是没有根的，我清楚地记得，它刚来时的样子，是被拦腰剪断的。而现在，它在一瓶水里，完成了自我疗伤，从原本属于身体的中间部位，硬生生长出了根须。它就像一个截肢的人，从自己的腰间长出了腿，而且，不是一条，也不是两条，而是无数条。

它就这样在水里扎了根，站稳了脚步。

我上网查了一下，它叫富贵竹。名字真俗。它也不是竹。不过，它的样子，倒有几分竹的仪态，优雅，从容；不着急，也不慌忙；不计较，也不矫情。

我打算用文字向它致敬的今天，它在我的办公室案头，差不多已经生活了小半年。它没有离开过那个花瓶半步，就像我和我的很多同事，自从进了这幢办公楼，就没有打算离开过一样。我偶尔想起来给它换次水之外，它没有得到任何特别的照顾，甚至连养花人常用的营养液，我也从未想过给它弄半滴。

它却活得很滋润，无欲，不争，郁郁葱葱。

当然，它一辈子也不会开花，不会结果。它就是一株草嘛。它出现在花店，都是作为鲜花的陪衬的。但我从它的翠绿里，没有看出不满和怨恨，如果谁在我的花瓶里插上另一朵鲜花，它也不会嫉妒。它甘做绿叶，它就是绿叶。

前几天，我在朋友圈看到一位同行发的一张照片，是他伏案编稿时的工作照。他已经在那家报社的副刊部工作了快30年，至今还是一位普通的编辑。

忽然想到，他就是那家报社的富贵竹。

每家报社，似乎都有一两位这样的老副刊，老编辑，默默无闻，但郁郁葱葱。每个单位也都有他们的身影。

他们都绿了这么多年，你没有看见吗？

只是不忍它离去

//

她特别喜爱狗。

大狗，小狗，家养的，流浪的，都喜欢。迎面碰到遛狗的人，她都会停下来，抚摸它，夸它，向主人问它的名字，亲昵地唤它几声。即使与一只流浪狗相遇，她也会蹲下身，招呼它过来，从包里翻找出一点吃的喂它。所有的狗看到她，也都很亲热的样子，它们一定是从她的眼神中，看到了她的善意和温柔。

我问她，你这么喜欢狗，为什么不自己养一条？

她说，我养过啊。正因为养过狗，从此再也不敢养了。

你的狗咬过人？出过事？惹过麻烦？

她连连摇头，它很乖，很听话，很可爱。是在街上捡来的，一条被遗弃的狗。可能正是因为被遗弃过，它对这个新家，特别迷恋，对我们特别亲热。我们养了它6年，它给我们带来了很多的欢乐。

每天回到家，无论什么时间，它都会从门后冲过来，跟我们亲热一番。也不管你手上拎着菜啊包啊，根本腾不出手，忙碌了一天，精疲力竭，它都要缠着让你抚摸它，挠它，逗它，闹够了，才肯停歇。我们已经习惯了这样的生活。它离不开我们，我们也离不开它。我以为日子会永远这样。可是，有一天，我们回到家，打开门，它却没有像以往那样，摇头摆尾地扑过来，这太意外了，以为是走错了家门。

不是我们走错了，而是它病了。就那么突然，一病不起。去宠物医院，医生直摇头，它太老了，没治了。医生建议我们给它打一针，安乐死，我们没同意。我抱着它回了家，我不相信，我们才养了它6年，怎么说老就老了，说没治就没治了？

她已经泪眼婆娑。停顿片刻，她低沉地说，几天之后，它就死了，它是死在我怀中的，我们一家人都围坐它身边。说到这里，她的声音哽咽了，这一幕我根本不能去回想，每次脑海中浮现那一刻，我都受不了。她说，我知道，它是一条狗，它只是一条狗，可是，它在我怀中慢慢闭上眼睛的那一刻，我的心碎了，就像你的一个亲人，在你的怀中离你而去，你却无能为力。

平息了很大一会，她才接着说，我养过狗，我真切地体会到那种生离死别的痛，所以这么多年了，我再也不敢养狗，我就是害怕再经历那样的时刻。她说，一条狗的寿命只有十来年，除非你半途遗弃它，否则，迟早一天，你一定会面对失去它的那一刻，而那太悲伤了，太无助了。

为了避免结束，她选择了避免开始。

很多时候，这也是我们很多人有意无意的选择。因为害怕失去，我们宁愿不曾拥有；因为承受不了失恋的打击，我们甚至不愿意再开启一段新情感；因为担心最终不好的结果，我们宁愿选择不去开始和尝试……

我问她，那么，你养它的那6年，它给你带来了什么？

快乐，满足和安慰。她说，养它那6年，是我最忙的6年，它就像个孩子，是个拖累，因为它，假期我们都不能出远门。但是，它也带给了我们家太多的笑声，太多的趣味，太多的欢乐。那6年，是她最充实的6年，最开心的6年，每天都有盼头和安慰的6年。

我说，如果没有它带来的快乐，它的离去，你就不会那么悲伤。反过来，如果因为害怕失去它所带来的痛苦，而从一开始就选择不养它，你又如何获得因为它的陪伴所带来的欢乐呢？

没有厮守过，就没有别离；没有盛开过，就没有凋谢；没有得到过，就不会失去；没有年轻过，就不会有衰老的那一天。我们不能因为害怕别离，而宁愿不曾厮守，也不能因为害怕凋谢，而选择从不盛开。那样的人生，岂不寡淡，焉能充实而有趣？

她又收养了一条小狗，每天像尾巴一样跟着她。这是一条需要花时间照顾的尾巴，有时实在不胜其烦，这也是一条快乐的尾巴，每天陪伴她，淘气可爱，其乐不訾。

雨树下

下雨了，地面很快就湿了，但它在地上，还留了一个又一个干的圈，那是树的下面，树有多大，枝叶有多茂密，那个圈就有多大。如果一排有三棵树，另一排有两棵树，地面上的圈，就是个奥运五环。城市人行道上的树，是一排排的，一个圈又一个圈，连在一起，通往远方。倘若这些树都是大树的话，你从这条街走到另一条街，都不用打伞。

这是刚下雨的时候，如果这个雨，已经下了一会儿，树伞就不管用啦，反而会比树外面，更快地淋湿你。雨滴落在树叶上，饥渴的树叶，先将自己喝饱了，多余的雨水，它就让它们从自己身上流走，最上面树叶上汇聚的水珠，落在下一层的树叶上，这样一层层汇聚、凝集，水滴就比天上下的雨点大得多，“啪嗒”一声，落进你的颈脖，透心凉。天上的雨停了，树下的雨往往还得再下一会儿。

如果下的是暴雨，倾盆而下，又猛又急，树也会很快湿透，像一个在雨里奔跑的少年，一摔头发，雨珠便呈弧线飞出去，这时候，你在树下，树就一点也保护不了你，水珠一点也不比雨滴小；如果是毛毛雨，那种润物细无声的细雨，这种雨，看起来若有若无，却往往在你不经意间，让你浑身湿透，但你在树下，却可以不打伞，茂密的树叶，替你都遮挡住了。不过，要是这个毛毛雨已经下了很久的话，树下面的雨，就会像一滴滴大珠子一样，东一个，西一个，砸在你的头发上，鼻尖上，衣服上，让你吓一跳。

在不同的树下面，雨是不一样的。那种阔叶的，像梧桐树，榆树，白叶兰，它们的叶子，又宽又大又厚实，一片叶子，就是一个手掌，一片天空，那么多的叶子，那么多的手掌，一起伸向天空，层层叠叠，将雨接住，树下面的雨自然小很多，温柔很多。你出门没有带伞，一时又找不到别的更好的地方躲雨，那么，在它们下面躲一躲，是个不错的选择。南方的城市，多的是阔叶树，下小雨的时候，你在下面躲一会，歇一歇，等雨停了再走，就不用担心淋湿了。针叶树就要差很多，像桧柏，雪松，云杉，它们的叶子细得像针一样，雨落在上面，刺溜就滑下来了，一点也挡不住。雨点本来是混乱地飘下来的，被这些细叶子一挡，变得更密集了，雨点顺着叶子，像溜滑竿一样，滑到叶尖，然后凝成一滴更大的雨珠，整齐地落下来，像一串垂直的省略号。倘若雨更大一点的话，叶尖上一滴水珠刚落下去，又一滴水珠已经凝聚起来，并紧跟着落下来，看起来就像一串串细线，无数条的细线，就构成了一幅壮观的雨帘。

有意思的是橡皮树，它们的叶子像一只窝起来的手掌心，雨水落在上面，它就将它们捧在掌心里，也不知道它是好心地为下面躲雨的人遮雨呢，还是想多接一些雨水，让自己更滋润，总之，它算是最适合你躲雨的一棵树了。不过，你得小心，如果忽然起风，或者雨太大，它接了太多的雨水的话，它的掌心再也不堪重负，手掌一歪，那些聚集的雨水，就会“哗啦啦”倾泻下来，将站在下面的你，从头浇到尾，一个透。

到了冬天，有些树的叶子都落光了，只剩下光秃秃的枝，它也就无法为你遮风挡雨了，而那些常绿的树，仍然愿意为你撑一把大伞。春天，是树最茂盛的时候，老的树叶还没有落下去，新的树叶已经长出来，你抬头一看，树冠绿油油，厚厚实实，甚至不漏一点天光，一般的小雨，自然也穿透不了它。有时候一场雨都停了，大地已经彻底湿透了，但它的下面，还是会有一片干地，那是它圈出来的，是它的领地，雨奈何不了它。

小时候，每次下雨之后，最喜欢玩的一个游戏是，看到一个小伙伴站在树下面，便偷偷地靠过去，突然摇晃树枝，那些栖息在树枝上的雨滴，经此一摇，全部惊慌失措地坠落下来，树下面骤然下起了一场大暴雨，瞬间将树下面的小伙伴，淋成一个落汤鸡。这个游戏的要点是，摇了树枝后，你得快速从树冠下面跑出来，有时候奔跑不及，或者树冠太宽大，自己没能跑出去，也成了一只落汤鸡。

我家的院子里，有一棵枇杷树，树叶宽大而密集，下雨天的时候，我就喜欢拿把椅子，坐在下面，听雨。雨打在枇杷叶上，噼啪作响，那声音，与枇杷树谐音而合拍，雨打枇杷，我觉着这才是真正的雨声。有时候，雨下着下着，忽然有一片枇杷叶，从头顶上面飘落下来，它落下来的姿势，真是美丽极了，温柔极了，它不像别的树叶那样翻转，乱颤，而是保持着一个水平的姿势，缓缓而落，我看见，在它的手心里，有一大滴雨珠，我想，那是一滴雨，乘着一片绿色的滑翔伞，从天而降呢，它带来了天空的消息，春天的消息。

边上坐着一个天使

搭同事的便车。

搭他的车，我还是犹豫了片刻的。以前坐过他的车，太猛，爱超车，喜欢在车流里钻来窜去，让人心惊肉跳。遇到挡道的，还会骂骂咧咧。坐在他的车上，感觉自己就像一个沙袋，不得不承受着负面情绪的一次次撞击。

他发动车，起步。我不觉绷紧了神经，等待他突然加大油门，呼啸地冲出去。

竟然没有，而是缓缓起步。

从单位的门驶出，就是一个弄堂的丁字拐角，路窄，视线又被挡住，过往的自行车和行人，常常被突然从弄堂里驶出的汽车吓一大跳。同事开到拐弯处，停了下来，往左看看，又往右看看，确定没有车辆，没有行人，这才缓慢驶出。

这风格，一点也不像你啊。我对他说，真没想到，你现在开车变得这么沉稳了。

他笑笑，冲我努努嘴说，边上坐着一个天使呗。

这……我有点丈二和尚摸不着头脑。他看出了我的困窘，笑着补充说，当然不是说你，是说我女儿。

他一边开车，一边叙说着他和女儿的故事——

女儿上初中后，学校离家较远，每天开车接送女儿上下学就成了他的任务。而在此之前，女儿很少坐他的车。

那天，去学校接女儿，早了点，女儿还没放学。他熄了火，坐在车里等女儿。他习惯性地掏出香烟，弹出一颗，点着。他的烟瘾不是很大，但是，开车的时候，总喜欢叼根烟。烟还没抽完，女儿放学了，从校门走出来，拉开车门，上了车。还没坐下，女儿就猛烈地呛了起来。女儿下了车，对他说，车里烟味太重了，我受不了，我不坐你的车了，我自己坐公交车回家吧。

他赶紧打开车窗，扔了烟头。可是，车内的烟味一时哪里散得尽？他对女儿说，你等一会。说着，将所有的车窗都打开，然后，在校门前的道路上，开车来回跑了两趟，这才勉强将车厢里的烟味消散得差不多。女儿不情愿地又上了他的车，回家。

他说，自此之后，他再也没在车里抽过一次烟。他不能给女儿一个晴朗透彻的天空，至少不能再让她在自己的车里被烟熏。

也就是在他戒了烟后，女儿才肯从后排坐到了副驾驶位置上。他说，从此，他的副驾驶位置上，就坐了一个天使。她改变了他。

一天，他接女儿放学回家。刚刚下过一场大雨，路面又湿又滑。

他专注地开着车。路过一个公交站台时，女儿突然一声叫喊："爸，你慢一点！"他本能地一脚刹车，车速慢了下来。他以为女儿看到了站台上的同学。女儿说，不！你没看到站台前有一大滩积水吗？你那么快地开过去，要将站台上等车的人身上都溅湿了啊。

他说，他其实是看到了那滩积水的，以前，碰到这种情况，他偶尔甚至会故意加速，让水溅得更高更猛，猝不及防的路人们的慌张表情，让他觉得刺激又好笑。今天，因为女儿坐在车上，他倒是没有故意加速，但也没打算减速或避让。女儿的一声喊叫，让他羞愧。

他猛然意识到，女儿长大了。

从那以后，女儿像个指挥一样，不时提醒他。他越来越觉得，坐在副驾驶位上的女儿，像个天使。

"爸，有人要过马路，你就等等他嘛！"

"爸，路边蹲着一个小孩，你小心一点！"

“爸，你不要生气了，人家超你的车，肯定是有急事，你就让他先过嘛……”

他的路怒症，消了；他的好多开车恶习，改了；他的性格，也变得温和多了。他说，是坐在副驾驶位置上的女儿改变了他。天使在侧，你怎么好意思做个魔鬼呢？

第四辑

今天是个动词

最宝贵的人生智慧

妻子的奶奶活到97岁，溘然长逝。

一直到半年前，她的大部分生活都能自理。能自己做的事情，她都自己做。

早晨，她自己起床，自己刷牙洗脸，自己做早饭。吃过早饭后，自己走到300多米外的菜市场买菜。这是她现在能去的最远的地方了。回来后，摘好菜，她会在沙发上躺一小会儿，养养神。中饭不另做了，早上的稀饭再吃一碗，就对付过去了。中午看会儿电视，睡一觉，起来后开始做晚饭。晚饭后，会自己在小区内走一小圈。

她坚持自己独住，不跟子女一起住，也不让子女来陪她住，每个星期，来看看她就可以了。子女们不放心，给她请了保姆，她拗不过，只好答应了，但是，她不让保姆住家，保姆只要每天来给她搞搞卫生，洗洗衣服，帮她去医院买买药，就可以了。

奶奶说，她自己还能做的事情，一定自己做，到她这个年龄，一旦哪个事情不自己做了，今后就再也做不动了。

87岁前，她的衣服，都是自己洗的。

85岁前，她每天看几页书，一年至少要看10本书。

83岁前，家里的卫生，都是她自己做的。

81岁前，她还能爬山，小区不远的地方，有座矮山，三四百步台阶，她能自己爬上去。每个星期，她都会自己去爬爬山。

80岁前，每年她都会出去旅游一趟，而且不跟团，自己想去哪儿了，自己买票，自己去。

78岁前，她每天自己骑自行车去老年大学，跟老伙伴们打打牌，聊聊天。

75岁前，她跟几个孙辈去游乐园玩，还坐了海盗船……

我们都知道，奶奶是个闲不住的人，每次到晚辈家，看到谁家又脏又乱，她就会帮他把家收拾干净。但从奶奶70岁那年开始，子女们就劝她，辛苦了大半辈子，这么大岁数了，该享享福了，别什么事情都自己做。

奶奶自有她自己的道理，她说，干活嘛我也累，而且，岁数越来越大，腿脚越来越不灵便了，腰也实在弯不下来了，很多事情，做起来真的越来越吃力了。我也想偷偷懒，歇一歇，不过，我知道我现在每丢掉一样，这辈子恐怕就再也做不了了。

很多事情，她不得不一样样放弃自己去做了——

87岁时，她发现自己双手无力，搓不动衣服了，洗过的衣服，水怎么也拧不干，从那以后，她再也没自己洗过衣服了；

83岁时，她蹲下身抹地板，地板抹好了，自己却怎么也直不起腰，爬不起来了，她只好瘫坐在湿漉漉的地板上，个把小时才缓过劲。她知道，她再也无力自己搞卫生了；

81岁时，她爬山爬到一半，浑身酸软无力，腿像绑了铅坨一样，只得半途下山，那以后，她再也没有爬过山了；

80岁时，她最后一次出远门。此后，就再没有离开过她生活的那座小城；

78岁时，她骑自行车摔了一跤，在床上静躺了三个月，从此，再也没有骑过自行车……

她很想像以往一样，自己的事情都自己做，可是，她力不从心了，她无能为力了，不得不一样样放弃。

有一次，我看见她手把手教八九岁的孙女怎么做菜，孙女学会了蛋炒饭，还学会了西红柿炒鸡蛋。她开心地对孙女说，你现在每学会自己做一样事情，你就多了一个本领，这辈子都不会忘，一辈子都受益呢。

奶奶说得真好。人这一辈子，能自己做的事情越多，你就越能干，越自在，越自由。

自己能做的事情，自己做，这是一种生活能力，更是一种生活态度。这是我从奶奶身上学到的最宝贵的人生智慧。

淬炼过的金子才发光

去浙江遂昌的金矿国家矿山公园游览，恰逢一队参观的学生团。领队的老师拿起两块矿石问同学们，哪个是金矿石？

老师手里的两块矿石，在灯光下，呈现出两种截然不同的形态。一块矿石里面，像撒了金粉一样，每一个角度，都发出耀眼的光芒；而另一块矿石，则像被墨涂过的一样，周身是黑色的，几乎没有什么光泽，与我们平时见到的石头似乎并无二样。孩子们叽叽喳喳地争论开了。很快，一个声音占了上风，那块闪闪发光的，肯定是金矿石，没看到里面全是金粉吗？但也有人小声地质疑，如果答案是明摆着的，老师为什么还拿来考大家？

见同学们各自表达了看法，老师揭晓了答案，那块黑色的矿石，才是真正的金矿石。而闪闪发光的那块，则是普通的硫铁石，里面没有任何黄金的成分。它就是人们常说的“愚人金”。

同学们炸了锅。很显然，大部分学生，都被那块硫铁石的闪闪亮光给迷惑了。

有人提出了自己的疑惑，不是说是金子总是会发光的吗？为什么金矿石里的金子却黯淡无光，没有呈现出金子应有的光芒？

老师赞许地看了一眼那名学生，这个问题问得非常好，这也正是今天我想和大家探讨的。老师挥挥手中那块黯淡的金矿石，环视一遍大家，这块石头里面的金子，需要粉碎、淘洗、提炼，才能从石头中分离出来，成为我们平常所见的熠熠生辉的金子。而淹没在石头和其他矿物质中的金子，是看不出它的光泽的。也就是说，真正金光灿灿的金子，是经过了一遍遍淬炼之后，才最终呈现出金子的本色的。

我一直默默地站在旁边，好奇地注视着他们。听到这儿，我恍然明白了老师的良苦用心，这真是一个聪明的老师，他不仅要告诉他的学生科普知识，还潜移默化地向孩子们传授做人的道理呢。

果然，老师话锋一转，对围在他身边的学生们说，在老师的眼中，你们每个人都是这样的一块金矿石，但是，必须经过一道道的淬炼，你们才会成为一块金子，散发出你们青春应有的光彩。

老师的话，引来一阵阵掌声。我留意到，孩子们稚气未脱的脸上，都流露出兴奋的神采。

忽然，有个学生，高高地举起了手。

老师示意他说话。迟疑了一下，那名学生似乎是鼓足了勇气，大声地说，老师，我在上海的一家黄金博物馆看到过一种“狗头金”，它通身都是金黄的、耀眼的，据说，这就是它本来的面目。我觉得，真正的金子，就应该是这样的，天生的气质，“腹有诗书气自华”嘛。学生越说越流利，也越说越兴奋，语气中充满了自信。看得出，这是一个很聪明、也很自负的孩子。

老师不停地点着头。学生说完了，老师赞许地说，你的课外知识很丰富，很好。你说的“狗头金”，确实是一块完整的金疙瘩，它是黄金家族里面的瑰宝。不过，它并非天生一块金砖，事实上，它是天上富含黄金成分的陨石，在坠落地球的过程中，因为与大气层发生剧烈摩擦、燃烧，其他的物质都燃烧掉了，只剩下来黄金，才凝集成完整的金块的。也就是说，它不但经过了淬炼，而且是更加严酷的淬炼。如果没有经过大气层严酷的淬炼、燃烧，那块金子，就会一直黯淡无光地散布在矿石之中。

老师再次环顾大家，动情地说，我刚刚说过，在老师的眼中，你们都是金矿石，你们都具备金子一样的潜质。但是，如果不经过千锤百炼，你可能一辈子都无法发现自己的潜能，也一辈子都不会发出金子的光芒。

老师喝了一口水，继续说，其实，我们每个人，都是一块金矿石，只是太多的人没有被开采出来，或者没有经过淬炼，而错失了自己本该灿烂的人生。因此，我想告诉大家，别以为自己是块金子，就一定会闪闪发光，发光的金子，都是经过一遍遍淬炼的。

沉默。忽然，同学们都鼓起掌。

我也鼓掌，为这位循循善诱的老师，也为了我们本该熠熠生辉的金子般的人生。

一张纸的玩法

他意外地得到了一张A4白纸。

这么白的纸，比家里的墙白，比天上的云白，肯定也比自己的屁股白吧……他想不出更多的白了，反正就是白，白得让他想哭。

他没有见过这么白的纸，老师发的课本，都印了黑字，没它白。爷爷给他买的作业本也没它白，爷爷只肯在集镇的小摊上买1毛钱一本的作业本，还没写上字，就跟公路两旁地里的庄稼一样灰头土脸了。就算过年了，在外打工的爸爸妈妈从遥远的城里买回来的年画，也没它白。他没有想到，世界上还有这么白的纸。

他小心翼翼地捏着这张纸，思忖着该拿它做点什么。

他先是慢慢地将纸卷成一个圆筒，以前，他也用作业本上撕下来的纸这样卷过，这是他的望远镜。他闭上左眼，将纸筒——

不，是望远镜，架在右眼前，天哪，真是神奇，他看到了村口的老槐树，还有树下拴着的老牛，以及一个闲坐的老太太。用别的纸做的望远镜，就不会看得这么清楚，一定是它的白照亮了它们。

他往上抬了抬，这样可以看到更远的地方。他看到了通往山坳的土公路，这是村子进出的唯一通道，土路往山坳一拐，就看不见了，这也正是土路的神奇之处，你盯着它看，就总能看到山坳变魔术一样，忽然变出一个人，向村子走来，如果是村里的人，就没什么可兴奋的，但如果是一个陌生人呢，那会让整个村庄都激动不已；或者变出一群羊，那么多的蹄子，将土路上的浮土踏得纷纷扬扬；有时候还会变出一辆车，刚露了个脸，又掉头跑回去了，那一定是迷了路的，不过，到了腊月，你如果看到山坳变出了一辆面包车什么的，那就可能是谁的爸爸妈妈回来了，一路扬起的尘土，能比车子跑得还快，一下子将村里的老人和孩子的眼睛都迷得泪汪汪的。

不过，今天他什么也没看到，虽然他有这么白这么亮的望远镜，他也依然什么都没看到，现在离过年还早着呢，山坳似乎还没有多少变魔术的兴趣。这未免让他微微失望，觉得真是对不起这么白的一张纸、这么明亮的望远镜。

他将纸展开，恢复原来的样子。他看着它，心想，这么有纸感的一张白纸，叠出来的纸飞机，一定能飞得很远很远吧。他犹豫了半天，要不要折一架飞机，如果折成飞机，一张纸就留下折痕了，就再也回不到它最初平整的样子了。他有点舍不得。不过，另一个更强烈的愿望在鼓动他。他一咬牙，折下了第一道痕，他听到了白纸沙沙的声音，像一个孩子的抽泣。他很快就折出了一架纸飞机。即使是软踏踏的作业纸，他也能折出飞机，他只会折飞机，班里镇上的孩子能折出更多的玩意，比如千纸鹤什么的。他不折那玩意，他更喜欢飞机，虽然除了在电视上，他压根就没看见过真正的飞机。

他端详着自己折的纸飞机，棱角分明，尤其是飞机的头，尖锐如刺，他见过电视里的战斗机，都是这个样子的，能将天戳破。他觉着自己的这架飞机，也能戳破天空。他来到村里的打谷场上，这是全村最开阔的地方，是小伙伴们放飞机最好的跑道。你可以先奔跑，然后，用力向空中一掷，飞机就如脱壳的箭，刺向天空。他四周看看，今天一个小伙伴也没有，只有邻居家的一条小土狗，莫名其妙地跟在他的身后。这让他略略有点失望。不过，一个人的飞翔也自有乐趣。

他对着纸飞机哈了口气，他觉着这能将自己的力量传导给它。他举着纸飞机，奔跑起来了，越跑越快，然后，奋力向前方一掷。纸飞机飞出去了。

它飞得那么高，那么白，那么快，那么亮眼。

如果自己能缩小，坐上去，也许就能飞到爸爸妈妈打工的城市。他坐在上面，城市的风景呼啸而过，他在一个工地找到了爸爸，在一个街道找到了扫地的妈妈。

他要降落了。

他的纸飞机，一头栽了下去。

他跑过去，在一大片玉米地里找到了他的飞机。他又来来回回飞了一遍又一遍。

他累了。他的纸飞机上，沾了各种庄稼的颜色，还有一些黄土。飞机没那么白了，也没那么坚挺了。它已经摔了太多的跟头。

他回到家，拆了飞机，展开，铺平。曾经洁白光滑的A4纸，现在有点皱巴巴了。

它还能派用场。他要用它给爸爸妈妈写一封信，告诉他们，他想他们了。

他写了密密麻麻整张纸，他把他会写的字，全都写上去了。

最后，像以往一样，他将写好的信撕成碎片，村里没有邮局，镇上有，但他不知道爸爸妈妈在哪里，他们在那个城市，从来没有能够收到信件的确切地址。

他将撕碎的纸片，抛向空中。那是一张纸最后的玩法。白色的碎纸片，在空中纷纷扬扬，像一场雨，像一声声呼喊，又像他独自一人时，忍不住的眼泪。

身体里的木桶效应

一位医生朋友，十分惋惜地跟我们谈起他的一个病人。

他的这位病人，身体一直壮实得像头牛。可是，谁也没有想到，却突然病倒了，而且，这一病就再也没能站起来。夺去他年轻生命的，是他的肾脏。在他入院的时候，医生给他做了全面的身体检查，除了肾脏，他身上所有其他的器官都很健康，没有丝毫的毛病。但一种微小的外泌体侵入了他的身体，并引发了他一直不自知的慢性肾脏疾病，终致回天乏术。

医生又跟我们讲了他的另一个病人，一位80多岁的老太太。老人的腹腔长了肿瘤，手术打开她的腹腔的时候，医生们惊讶地发现，这个老太太的肝脏、脾胃等器官，健康得就像一个五六十岁人的，如果不是腹腔的这个恶性肿瘤，以老太太的其他器官的健康状况来看，活到百岁一点不成问题。可是，腹腔的这个晚期恶性肿瘤，让老人的生命戛然而止。

医生说，很多时候，夺去我们生命的，并非身体里的器官都衰竭了、坏死了，而很可能只是某一个器官坏了，病了，不工作了。这个“罢工”的器官，骤然成了一个人的致命杀手，从木桶效应来看，这个坏了的器官，就是我们身体里最短的那块木板。

真是醍醐灌顶。

我们的身体，是由无数个器官和零部件组成的，我们往往会更在意和精心呵护那些我们自认为重要的器官，比如大脑，比如心脏，比如肺，比如骨头，比如血液。它们确实都很重要，事实上，也正是这些重要的器官和部件，共同挑起了我们健康躯体的大梁。但是，其他器官就不重要了吗？显然不是，任何一个器官，如果出了问题，轻则影响我们的生存质量，重则夺走我们的性命。

心脏，可谓我们的身体里最重要的一个器官了，拥有一颗健康、强大、有力的心脏，是很多人的心愿，为此，我们也愿意花费更多的时间和精力，锤炼它，保护它，关爱它。这当然没错，但如果你拥有了强大的心脏，却没有一个健康的胃，再强大的心脏，恐怕也无能为力。同样的道理，肌肉再发达，也弥补不了营养不足或残缺不全的大脑。

木桶理论告诉我们，生命的长短和质量，并不取决于我们某个器官或某个部位特别健康、特别发达，一块板再长，也不能让我们的生命之桶盛装更多的水。若想生命长久而鲜活，需要我们所有的器官、所有的零部件，都健康、灵光。

我们的身体是这样，我们的人生也一样。

每个人都有自己的长处、优点，也难免有自己的短板、缺憾。一个人能否成功，往往取决于他的长处，能胜人一筹，有了比别人长的强项，就可能鹤立鸡群，独占鳌头，成为某一方面的翘楚。但是，一个人是否优秀，是否完满，却取决于他的短板，短板越少，短板与长板的差距越小，一个人才越有可能臻于人生的佳境。

一个聪慧的人，往往掩盖了其动手能力的不足；一个勇猛的人，他的冷酷无情可能不为人知；一个外表光鲜的人，也许内心很龌龊……他们可能因为人生的那块“长板”而风光一时，但短板一定是毁掉他们人生的最后一根稻草。成在长板，毁必短板。从这个角度来看，看到自身的优点长处很重要，而认识到自己的不足并予以弥补，更难能可贵，更有益于人生。

如果我们不能使自己的长板优于别人，没关系，我们还可以让自己的短板不输于别人，我们的人生之桶，就依然可能是丰盈充实的。

蜜蜂的工作并不甜蜜

小时候，老师教我们写作文，说蜜蜂在花丛中采蜜，“嗡嗡”地飞来飞去，鲜花、蓝天、白云、旷野，多好的工作环境，多甜蜜的工作啊。

结果，我们全班的作文写的都是，蜜蜂每天甜蜜地工作，很伟大，很幸福，长大了，我们也要向蜜蜂一样热爱工作。

长大了，才明白，蜜蜂是采蜜的，可是，它的工作一点也不甜蜜。

蜜蜂家族分三种：蜂王、雄峰和工蜂。我们平时看到的，大多是工蜂。

一只工蜂的一生，都是在忙碌中度过的。

工蜂一出生，是的，你没看错，是一出生，从羽化成蜂那一刻开始，它就开始工作。一只工蜂是没有童年的，别指望一只工蜂出生之后，能像个婴幼儿一样得到精心的照顾和呵护，它一生下来就是个“童工”。通常，它生命的前三天，负责“育蜂室”的保温孵卵，顺带着，还要像个小保姆一样，将产卵房的卫生搞干净。

稍长，3~6天大的工蜂，要做的工作是调剂花粉与蜂蜜，以饲喂羽化前的大幼虫。一只工蜂，似乎生而成蜂，就不需要被照顾，而是天生会照顾它“人”。6~12日龄时，它的工作改为分泌蜂王浆，以饲喂小幼虫和蜂王。这不但是个技术活，还是个极其耗体能、内力的活，不用担心，没有一只工蜂会惜身或偷懒，它们总是愿意将自己最好的东西拿出来供奉蜂王，还有比自己更弱小的弟弟妹妹们。

到了12~18日龄时，一只工蜂要做一件更大的事——泌蜡造脾，为蜜蜂的巢穴、它们的家园添砖加瓦。所谓蜜蜡，就是工蜂从自己的蜡腺里分泌出的一种脂肪性物质，这是它们建造蜂巢的主要原材料。没有砖，没有瓦，没有水泥，没有钢筋，它们就用自己体内的分泌物——蜡——来作为建筑材料，因此也可以这样理解，一只蜂巢，是无数的工蜂们用自己的血肉之躯垒建而成的。所谓造脾，就是蜜蜂先用蜂蜡筑出近乎圆形的蜂房，然后将蜂房加热到40℃左右，使蜂蜡融化成半流体状，最终凝固成蜂巢里的一个个六角柱状体。它们是怎么加热到40℃高温的？当气温不够时，它们就围聚在一起，依靠翅膀的急速振动来提高温度。

泌蜡造脾，在我看来，堪称一只工蜂的成人礼，它们合力建造或扩大了家园，接下来，在它们活到18天之后，它们将飞出家园，正式开始一只工蜂一生中最长久的工作——采蜜。此后余生，它们活着的全部意义，就是采蜜，采蜜。当偶尔有敌来侵犯时，它们将“全蜂皆兵”，以死守卫家园。

我们看到的蜜蜂，基本上都是那些在花丛中飞来飞去的工蜂。它们每天的行踪，就是两点一线：蜂巢和鲜花盛开的地方。我们觉得蜜蜂的工作是甜蜜的，是因为我们看到它总是在花丛中飞舞，而采集的，又是那么甜蜜那么美好的东西。我们被蜜蜂如此浪漫的工作环境深深地吸引住了。我们所不知道的是，一只工蜂，为了采蜜，穷其一生，差不多要来来回回飞行32万千米，相当于绕地球整整8圈。它本可以一次次周游世界，却只围着一朵朵花，以及一个蜂巢，而忙碌了一辈子。

一只工蜂的工作，是忙碌的，枯燥的，也是艰苦的，辛勤的，甚而可谓是了不起的，但是，它不是甜蜜的。说它的工作是甜蜜的事业，那是我们以为的，是我们强加给它的。

补天的人

认识老唐很偶然。

那天因为急事出门，出了地铁口，天忽然下起暴雨。朋友的店就在一百多米外，但雨太大了，没带雨伞，我犹疑着，是干脆冒雨奔跑过去，淋成个落汤鸡呢，还是等雨小一点再过去。

就在我犹疑不决时，有个人拿着一把伞，戳到我面前。

他嘴里还说着什么，风大，雨急，进出的人又多，人声嘈杂，我没听清。我想，他是见我没带伞，要卖伞给我吧。

我摇摇头，身子不自觉地往后退了退。家里的伞太多了，很多都是出门忽然遇雨，临时买的。再说，刚才出门匆忙，身上也没带钱呀。

他还是坚定地将伞递到我面前。这人可真是怪，我心里嘀咕着。嘴上对他说，不好意思，我不买伞。

他听了我的话，笑了，说，我不是卖伞的，我看你没带伞，雨又这么大，你拿去用吧。

还有这样的好事？我不相信地打量了他一眼，他穿着雨衣，头上还戴着一个竹编的斗笠，透过雨衣，能隐约看见他里面穿的是黄色的工服，看样子是个环卫工人。

见我还是不相信，他一把将伞塞给我。

我接过了伞。我说，谢谢你。这样吧，我就到前面不远的地方，我去拿一把伞，就回来还你。

他笑笑，没事，不用还我的。

我撑着他给我的伞向朋友的店走去。事情办得很顺利。回来的时候，我跟朋友借了一把伞，又带上了他送我的那把伞，我要还给他。

地铁口找了一圈，却没有看到那个人。我又在地铁站附近转了一圈，远远地看到一个环卫工人在冒雨清扫路口的一滩积水，我走过去，果然是他。

他也认出了我，一手拄着扫把，一手抹了一把脸上的雨水，说，没想到，你还真来还伞了，一把旧伞，不值当呢。

我说，你帮了我忙，已经非常感谢了，伞嘛，自然应该还给你。

他憨憨一笑，收了伞，用劲甩了甩，然后折叠好，塞进身边的环卫车的座位底下。我看到里面还有几把伞。便好奇地问他，你带这么多伞出门干什么？

他嘿嘿乐了，说，很多人跟你今天一样，出门忘记带伞，却突然碰到大雨了。我呢，遇到了，就送给他一把。

还有这样的好人？！我就这样认识了他。

再次见到他，是个中午，晴天。从朋友的店里出来，看到一个环卫工人蹲在树底下，吃着自带的盒饭。我认出来了，是老唐。

我走过去，请他到朋友的店里坐着吃饭。他坚持不肯。我返身回到朋友的店里，搬了两张凳子过来，给他一张，我自己一张。我们坐在大树底下，随便聊了起来。

他比我年长十来岁，听口音，是江西人。一问，果然是婺源的，离我老家黄山很近。我说，我们算是半个老乡呢。他很开心地直点头，胡茬上沾着白米饭，笑得一颤一颤。

我还是很好奇，他为什么会在雨天送伞给别人？再说，他哪来那么多伞呢？

他告诉我，他有一个祖传的手艺，就是修伞。以前在老家时，他在镇上摆了一个摊，专门给人修伞。刚开始的时候，人们用的还是油布伞，笨重，但伞面大，遮风挡雨的效果很好。那时候，一般人家也就一两把伞，坏了，绝舍不得扔掉，舍不得花钱重买一把。穷呢，哪敢浪费啊？因而，他的修伞生意也好。说是修，其实更多的是补。油布破了一个洞，或撕了一个口子，拿来让他补。老唐说，先在破洞四周刷上桐油，待桐油微干了，撕下一块他用竹料自制的油纸，封上，再刷一层桐油。等桐油收干了一点，再贴一层油纸，如此往复三四次，破洞就修复如初了，看起来就跟新伞一样。

老唐在说起这些时，不像一个修伞匠在修伞，倒更像一个民间的艺人，陶醉在自己创造的世界中。他说，那时候，修一把伞只要一两角钱，但因为是个技术活，挺受人尊重的。他也靠了这门祖传的手艺养家糊口，日子过得还不错。

他说，后来，伞的品种渐渐多起来了，折叠伞、自动伞流行了，这倒没难住他，原理都差不多，他很快就掌握了修理的技术。真正致使他撑不下去的，是随着人们生活水平的提高，很多人伞破了、旧了，不再修理，而是扔了，直接换一把新伞。他的生意，渐渐淡了。有一次，一个年轻姑娘拿了一把旧式的雨伞来找他修，伞骨差不多散架了。他对姑娘说，这把旧伞，不值得修了，修理的钱比买把新伞还贵呢。姑娘却央求他一定要修好，说这是她奶奶用过的伞，小时候，奶奶就是用这把伞接送她上学的。姑娘说，奶奶走了，我想修好这把伞，留个念想。

老唐说，人间的每把伞，都有一个故事呢。

后来，修伞的生意实在撑不下去了，老唐就进了城里，做了一名环卫工。

老唐说，我扫地的时候，经常会捡到别人扔掉的伞，大多只是些小毛病，修修还能用。我就将它们修好，随身带着，遇到下雨天，有人没带伞，我就送给他挡挡雨。

吃过饭，老唐要继续打扫街道了。跟他告别时，他忽然说，以前，有个来修伞的人跟我说，你们修伞的人，是在补天呢。这句话，我记了大半辈子。

我也记住了，老唐。

今天是个动词

长假的第2天，也许是第3天，管它是哪一天呢，我唯一还能清晰地感知到的是，那一天，我已经累趴了。

我不满地对唐叔说，我开了七八个小时的车，路上还堵了四五个小时，穿过了五六个城市，到你这儿是来度假的，看风景的，吃野货的，或者干脆躺平的，睡懒觉的，无所事事的，你却安排了我那么多的农活，把我直接累坏了。你不厚道啊。

这么重的话，别人会跳起来。唐叔不会。他只比我大20岁，论辈分是我的叔辈，若论感情，是哥们儿。他是我们村最早考出去的大学生，在城里做了好多年的局长，又下海闯荡了若干年，退休之后，却一头又扎回山里，承包了几百亩的山头，栽树，种地，放羊。快70岁的人了，天天忙得像个老农。

听了我的牢骚，唐叔哈哈大笑，今天让你累一累，你此刻躺在这儿，才能真正感受到躺平的舒坦，明天你爬上山头，眼中看到的，才是真正的风景。

谬论，又是谬论。不过，从小到大，我就喜欢听他谬论式的高谈阔论。因为俗务缠身，我已经很久没有回乡了，听不到他的清谈，我的耳朵根有点发痒呢。

他抿了一口酒，忽然问我，“今天”是什么词性？

这还用问？当然是名词。

他点点头，又摇摇头，你说的对，也不对。从语法来看，“今天”是名词，但以人生来说，“今天”却是个动词。

愿闻其详。

他说，今天是什么？今天就是现在，是当下，是此时此刻，是所有正在发生和正在进行的事情。今天你帮我摘了花生，挖了地，给树浇了水，将羊赶回了圈……你看看，所有的都是动作，是劳动，它可不就是一个活生生的动词吗？如果今天你不是来我这儿，而是像平时一样在家中，今天你可能是去买菜了，拖地了，上班了，接孩子了，或者写一篇文章了，你的今天，也是动词。

胡说八道。我昨天开车了，不是动词吗？我昨天被堵了，不是动词吗？我昨天吃饭了，拉屎了，打喷嚏了……不都是动词吗？如果是平常，昨天我应该上班，忙这忙那，晕头转向，不也是动词吗？

他说，昨天你做的一切，无论你多么用力，也无论多么轰轰烈烈，都成过去了，像云一样飘走了，像雾一样消散了，当“今天”变成了“昨天”，它就成了名词。我们在说起昨天的时候，就像在讲一个故事，不管这个故事是自己的还是别人的，也不管它是不是激烈，是不是精彩，“昨天”都只是一个安静的名词。

似乎有点道理，但显然是谬论。我反问，那如果我今天什么也不做，只躺平呢？

躺平，发呆，无所事事，只是你今天呈现的状态而已，这样的“今天”，它也仍然是个动词。

好吧，如果“今天”是动词，“昨天”是名词，那么，“明天”又是什么词？

我想，“明天”应该是个形容词。他说，明天是还没有到来的，但有着无限可能性的一天。在大多数人的心目中，“明天”是充满希望的，令人期待的，“明天”像彩霞，像鲜花，美好而有活力，当然，“明天”也可能只是泡沫，镜中月水中花，或者海市蜃楼。当“明天”这个形容词，变成了“今天”的时候，你给予它怎样的力量，它就会最终成为怎样的一个形容词。

我被他绕得有点晕了，但是不得不承认，他分析得自有一定道理。

他继续清谈，沉浸在自己的逻辑世界里。很多时候，“人生”只是个量词，你付出过多少，又获得过什么，都明明白白地摆在那儿，你的人生是重于泰山，还是轻如鸿毛，自己掂量一下，就都清清楚楚了。“你”“我”“他”，也包括“它”，都只是各自人生的一个代词而已，你有你的人生，我过我的日子，他有他的活法，永远不会混淆，也绝不可能混同。

忽然心生好奇，在形容词的“明天”，我可能看到什么？

唐叔再一次哈哈大笑，山还是那个山，水也还是那个水，但我可以肯定，明天你必将看到不一样的山水，真正美丽的风景。原因很简单，因为动词的“今天”，你流了很多汗，出了很多力，吃了很多苦，美好形容词的“明天”，那是你该得的。

“哈哈哈哈”，我们以由衷的叹词，结束这一场对话，以及动词的“今天”。

交换成长日记

从小学二年级，女儿就开始学写日记了，会写的字不多，很多都是用拼音代替的，记的事情基本上是流水账，也不瞒着妈妈，妈妈想看就拿去看，有时候，妈妈忙，来不及看，或并不想看，女儿还会兴冲冲拿着日记本，缠着让妈妈看一眼自己写的日记。

不知道从哪一天开始，女儿忽然不愿意让妈妈看自己的日记了，藏在抽屉里。这反倒激起了妈妈看日记的兴趣，常常借着给女儿房间搞卫生，做贼一样，偷偷瞄一眼女儿的日记。女儿对妈妈老是偷看自己的日记很恼火，换了带锁的日记本，还让爸爸给藏日记的抽屉也装了一把锁。

不让看，那就自己也写一本日记呗。妈妈买了一个笔记本，重新捡起了已多年没写的日记。记什么呢？就记录女儿的成长故事吧。妈妈觉得，这要比记录自己那些鸡毛蒜皮的日常更有趣，也更有意义，将来等女儿长大了，就将这本“成长日记”作为她的成年礼物。

从开始写日记的那天开始，每天，无论多忙，多累，无论回来多晚，妈妈一定会拿出日记本，记录下女儿这一天的点点滴滴。偶尔出门在外，她也会每天打个电话回家，问问女儿这一天的情况，嘘寒问暖一番，叮咛一番，然后，将这些都记录在日记里。有时候连续在外几日，放心不下女儿，惦记着家，她也会将自己的这种思念和情绪，在日记里释放出来。

母女俩就这样各自写着自己的日记。女儿的日记，记录的全是自己的学习和生活，她知道妈妈也在写日记，但她并不清楚妈妈日记的内容，无非是她自己那些婆婆妈妈的事呗，她不关心，也不感兴趣。虽然女儿并没有像妈妈那样给自己的日记取名字，但事实上，这两本日记，都是她的“成长日记”。

有时候，妈妈还是遏制不住地想看看女儿的日记，她倒不是有偷窥的欲望，而纯粹是好奇和关心女儿。但是，女儿就是不愿给她看，没辙。妈妈想了一个办法，她跟女儿提议，每到月末，随机选择一天，互相让对方看看自己那天的日记。没想到，妈妈的这个建议，女儿竟然同意了。

期待的月末到了。

女儿用扔橡皮的办法，选到了17日，这天是周四。

妈妈翻到这一天的日记，递给女儿。女儿看到，妈妈的日记是这样写的：

昨晚没睡好，早上起得迟了一点，没来得及给女儿做她最爱吃的煎饺，以为女儿会像以往一样，不高兴，不肯吃早饭，没想到女儿并没在意，很开心地吃了稀饭、煎蛋和馒头。我感觉女儿比以前懂事多了，这真是一件开心的事情，不过，今后还是不能睡得太晚，女儿正长身体呢，不能让她连早饭都吃不好。

看了日记，女儿对妈妈说，我完全不记得那天没有煎饺啊，再说，一顿没有煎饺有什么关系？女儿没有告诉妈妈的是，妈妈日记中最后那句话，让她有点小感动。

女儿将自己日记本的其他地方都捂了起来，只给妈妈看17日那天的日记：

今天曹老师表扬我了，说我的作文进步很大。曹老师已经好久没有表扬我了，这真让我开心啊！！！我今后一定要多写作文，争取让曹老师把它们作为范文，在全班读出来。加油！！！

看到一连两处三个感叹号，妈妈忍不住笑了，看得出，曹老师的表扬，对女儿来说是多么重要。

互看日记，就这样成了母女俩的一个约定。这竟成了妈妈每个月最期待的一件事情。

又一个月末到了。这一次，抽到的是3日，周日。

妈妈看到女儿的日记是这样写的：

今天太累了，太累了！一天连上了三个兴趣班，吃不消啦，下午四点多钟才回到家，还有好多作业没做。我都累成狗了，妈妈竟然还打算让我加一个作文兴趣班，这是想“作”死我吗？555。

女儿看到的妈妈的日记：

今天去某某培训学校接女儿，在楼下遇到了以前的同事某某，她给我推荐了一个作文老师，是个作家，她儿子自从跟他学习后，作文进步非常大。接到女儿后，我迟疑地问女儿愿不愿意再加一个作文班，没想到，女儿一口答应了，“好啊！”女儿对学习上的事，总是很开心。真是乖巧懂事又努力的女儿。

这一次，母女俩记录的是同一件事，可令人意外的是，妈妈的感受和女儿的感受，天壤之别。妈妈问女儿，你那天明明是很开心地答应再加一个作文班的啊。女儿说，我是为了让你们高兴，真让我自己选的话，除了舞蹈课，别的兴趣班我一个也不想上。

妈妈又喊来了爸爸。一家人为此开了一个家庭会，讨论女儿的兴趣班问题，最后达成一致，下学期将兴趣班减少一半，具体上哪个兴趣班，由女儿自己选择、决定。

女儿在当天的日记里，记录下了这件事。这一天的日记，妈妈还没有看到过。女儿不知道的是，其实妈妈那一天的日记，也记录下了这件事，很长，很多感慨。如果下个月正好选到了这一天，她们就互相能看到。看不到也没关系，选择到的任何一天，都是一次成长的轨迹，都是值得期待的。

我们画出了一个城市

新学期第一次班会，老师将黑板擦拭干净，让孩子们每个人在黑板上画一个心愿。

心愿可以画出来吗？老师笑着答，当然可以呀，你有什么心愿，你就将它画出来，让我们用心愿点亮这块黑板。

第一个孩子走上讲台，用粉笔画下了一幢漂亮的房子。她是今年刚转学过来的，以前在一家民工子弟学校上学，去年，在工地上做电焊工的爸爸拿到了人才居住证，这才得以将她和妈妈的户口迁过来，也才能转到这所学校上学。老师家访得知，他们一家现在还租房子住，不过，爸爸可以申请人才房，小姑娘的心愿，就是在这个城市有一个自己的家。

第二个孩子，在房子的边上，画了一个足球场。他是个足球迷，希望家门口就有一个这样没有围墙、24小时可以免费踢球的社区足球场。

一个男同学画了一条街道，在街道上画了一个小机器人，机器人正驮着一个快递盒子一样的东西在奔跑。男同学解释说，自己的爸爸以前是一家报社的投递员，送报纸的，现在做了快递小哥……同学们哄堂大笑，男同学自己也笑了，改口说，我爸爸四十多了，也许应该叫快递老哥吧。同学们笑得更欢了。男同学说，不管叫什么吧，我的心愿是长大之后，开发出这样的机器人，帮忙送报纸、送快递，这样，我爸爸就不用那么辛苦了。

站在一旁的老师插话说，大家不要笑，他的心愿充满善意，很美好。正是有了这样美好的心愿，我们的生活才变得更美好。

同学们继续一个接一个走上讲台，用心画下自己的心愿。

个子最高的同学，在黑板的上方画了几朵云。他说，这几天太热了，有了云朵，天空就不单调了，漂亮了，也为上学的我们，还有扫马路的阿姨、送快递的，以及建筑工地上的工人们，遮挡了烈日。

一个女生，在足球场的边上画了一棵树，又在树下面画了一条小狗，有趣的是小狗是抬着头的，仿佛在看着树上的什么。同学们叽叽喳喳议论开了，这是什么意思啊？已经走下讲台的女生，又转身回去，在树上画了一只小鸟。女生说，我喜欢小动物，希望我们每天都能听到鸟鸣，听到小狗的欢叫。

一个胖胖的女生，在楼房旁边画了一条宽宽的跑道。她希望每天能在跑道上跑步，而不用吸到汽车的尾气。

一个男生说，我的心愿也是有个社区足球场，但我还有一个心愿，我可以画出来吗？老师点点头。男生画了一幢高大的建筑，在建筑的上方，画了一个醒目的红十字。他说，我希望家门口就能有一家大医院，现代化的大医院，这样，我的爷爷奶奶看病就方便了，不用坐公交车倒来倒去去医院了。

一个女生画了一个大大的橱窗，看得出，那是大商场的橱窗，里面的商品一定琳琅满目。

另一个女生画了一辆漂亮气派的汽车，在车顶上，还画了一个顶灯，上面写着“TAXI”，她说，希望爸爸能将他那辆开了十多年的出租车换成一辆新车。

最有意思的是，一个女生画了好多花，这里几朵，那里几朵。有人问她，为什么画那么多花？女生答，我就是喜欢鲜花，我就喜欢到处都有鲜花。

还有一个孩子，给黑板上的每幢建筑都画了一部电梯，甚至给足球场的看台也画了一部电梯。问他为什么到处都画上电梯，他说，他有个邻居好朋友，腿受过重伤，如果没有电梯的话，二楼都上不了。他希望到处都有电梯，这样，他的朋友就可以像自己一样，想去哪里就去哪里了。

全班40个同学，都在黑板上画下了自己的心愿。黑板，变得密密麻麻。

一个孩子忽然惊讶地说，老师，我们画出了一个城市。

大家一看，咦，还别说，真像一座城市，应有尽有。

老师点评，它确实像一座城市，不过，与我们生活的这座城市，既一样，又不一样，一样的是，它其实就是我们真实生活的写照；不一样的是，它还包含了我们每个同学的心愿，因此，准确地说，它更像是一座我们期望的城市，一座更美好的未来城市。

老师赞许地说，同学们，你们发现没有，很多别人的心愿，往往也正是我们自己的心愿，这个黑板上的心愿，既是你们每个人的，也可以说是我们集体的心愿。我相信，只要我们共同努力，我们每个人的心愿都会实现。

班会结束了。值日同学舍不得擦掉黑板，老师拿出手机，拍照，说："我会替你们珍藏，也会发到家长群的。让我们共同期待心愿实现的那一天。"

发芽的心

打扫厨房时，在一个旮旯发现一颗绿豆，它竟然发芽了！

这颗绿豆是怎么跑到这儿的？不知道。我只在去年夏天，为了熬绿豆汤，买过几次绿豆，想必是某次从罐子里往煮锅里倒绿豆准备熬绿豆汤时，它蹦出来了，最后滚到了这个角落。这之后，我们多次打扫过厨房，都没有清扫到它。它就安静地藏在这个旮旯里，孤独地度过了一个秋天，又熬过了漫漫寒冬。现在，春天了，天气转暖了，前几天还炸了几次春雷，下了好几场春雨，没想到，它也发芽了。

这让我意外而惊喜。你要知道，厨房的地面贴着地砖，光溜溜的，没有一点土壤，平常我们也抹得干干净净的，没有一点积水。既没有土壤，又没有水，一粒绿豆竟然发芽了，可不令人意外而惊喜吗？

江南的春天，空气湿润而温暖，它一定是吸收了空气里的水分，就凭这点若有若无的湿气和温度，这颗绿豆发芽了。这真是一粒顽强的豆子，不需要土壤，不需要水分，不需要培植，不需要浇灌，不需要呵护，它自己就发芽了。春雷唤醒了它，空气里的湿气滋润了它，窗外的阳光照不到它，但渐渐升高的气温温暖了它。

豆子都有一颗发芽的心。就算你从不把它当成一粒种子，而只是将它视为食物，它自己却从不气馁，绝不放弃，只要一点点湿气和温度，它就会发芽，它就会努力挣脱自己，用它新鲜的嫩芽，看一眼这个世界。

不光是豆子，我在我们家的厨房里发现了太多的植物，它们都有一颗种子的心，一颗发芽的心。

我们买回来的土豆，没来得及吃，就放在货架上，用不了多少天，我们再想起它的时候，它竟然已经发芽了。这是一颗干净的土豆，身上的土洗得干干净净的，我们是作为净菜买回来的，在运输的过程中，它身上的薄皮还被蹭破了好几处，但就是这样一颗土豆，也在我们家的厨房里发芽了。

春节前，我们买回了一堆大蒜头，很干，很硬。有一天，做饭时，我剥开一头蒜，打算拿来做菜的佐料，掰开，却发现，裹在白衣里的大蒜头，冒出了嫩绿的尖芽。

忘了吃的一颗洋葱头，也发芽了。

罐子里的花生米，也有几粒，发芽了。

切了一半的生姜，竟然也发芽了……

这些可爱的植物呀，当春天来临，当空气湿润了，当天气变暖和了，它们就一个个发芽了。

既然条件那么恶劣，它们都能够发芽，我想成全它们，让它们能像其他植物或种子一样，发芽，生长，开花，结果，实现一颗种子的梦想。我将发芽的它们，分别埋进阳台的花盆里，并给它们浇了水，施了肥。我期待它们能在这个有土壤有水分有养料的环境里，茁壮成长。

它们也果然不负我的期望，很快，嫩芽变成了绿苗，嫩绿的叶子啊，好看极了，可爱极了。我想，它们终于可以像别的植物或种子那样，健康成长了。

可是，若干天之后，我难过地发现，那些冒出来不久的嫩芽，一片接一片枯萎了，蔫了，最后，基本上都死了。它们作为一株植物或一粒种子的一生，再次终结了。

我怀疑是我种植不当，或者呵护不精，才导致了它们的死亡。一位曾经在农村种了很多年庄稼的朋友安慰我，可能是水土不服，也可能是季节不对，还可能是它们自身的某种原因。他告诉我，让一颗种子发芽，很容易，只要有水，只要温度适宜，种子都会发芽，但是，不是一粒种子发芽了，就一定能成长，一定能开花，一定能结果。其实，很多种子有能力发芽，却无能力生长，或者生长了，却不能顺利地开花、结果。

就像我们人一样。我的朋友感慨说。

他说，我们人吧，也是这样。从小到大，谁没有梦想呢？谁又只有一个梦想呢？我们的一生，会产生很多这样那样的念头，怀揣这样那样的梦想，心生这样那样的希望，它们就是一粒粒种子，很容易发芽，让人激动，心生神往。可是，走着走着，你会发现，又一个梦想破灭了，又一个梦想泡汤了，又一个梦想无疾而终了。这些梦想，就跟厨房里发芽的那些植物或种子一样，很容易就发芽了，却很快又枯萎了。发芽很简单，很容易，而要成长，开花，结果，却需要一个漫长的过程，艰辛的努力，执着的坚持。可惜，很多人做不到，而能够做到的人，他们就一定会繁花一片，硕果累累。

我们的一生就像一粒种子，我们都有一颗发芽的心，希翼自己能开花结果，那就不要吝啬你的汗水，唯有持久的付出，才能孕育勃勃生机。

命运可以随时拐弯

他是个出了名的问题孩子，逃学、捣蛋、捉弄老师、欺负同学，可谓“无恶不作”。同学怕他、讨厌他，避之唯恐不及；老师也渐渐对他失去了耐心，放任自流；他的父母，一个重病缠身，一个苦于生计，想管也管不了。除了偶尔被老师拿着花名册点到名字外，他差不多已经被人遗忘了。

这是个偏僻的山区学校，贫穷是很多孩子身上的共同特征，每年，学校都会拟定一份名单报给教育局，以方便那些好心的捐助者选择资助对象。很显然，并非每个孩子都能上这份名单，有幸被选上的，都是品学兼优的孩子，学校会在每个名字的后面，附一份该同学的学习和表现情况，这是关键的一张纸，很多捐助者就是据此选择他们要帮助的孩子。因此，能上名单，就意味着不但可能得到一份资助，而且，也是一份“荣誉”，它说明了学校和老师对自己的肯定。

又一批名单报上去了。

一天早晨，还没有上课，他早早地来到了学校。这是他第一次这么早走进学校。在班主任的办公室外徘徊了许久，他下定决心，走了进去。他从书包里，小心翼翼地摸出一张纸片，递到老师面前说："老师，这是我昨天收到的汇款单，是一位上海的叔叔捐给我的学费。谢谢老师！"

老师简直不敢相信自己的耳朵，他也收到了捐助？而老师清楚地记得，报上去的名单里根本没有他的名字啊。老师接过汇款单细看，收款人处果然写着他的名字。虽然心存疑惑，老师还是决定把这个好消息告诉全班同学。

当老师在班级里宣布这一消息时，班级里一下子变得鸦雀无声，所有的眼睛都齐刷刷投向他。疑惑，羡慕，感叹，什么表情都有。而第一次被这么关注，他激动得满脸通红，腰板挺得笔直。他从来就没有坐得这么正过。

这天，他第一次没有在课堂上捣乱，每一堂课都听得非常认真。

放学了，他才收拾书包，跟在同学们的身后走出学校。这是他难得没有早退、按时放学的一次。

第二天，他又是一早来到了学校。教室里还没有人，他将教室打扫了一遍，然后，坐下来，打开书本，读书。同学们陆续走进了教室，惊诧地看着他。上课了，他第一次按时交上了作业本。

他惊人地变化着。不再迟到，不再早退，不再恶作剧，不再四处捣蛋。上课时，他安静地坐在自己的位置上，听老师讲课。老师提问时，他第一次举手发言。月考时，他的试卷上，第一次没有出现红色……

班主任对他做了一次家访。

他拿出了一沓信。“这都是资助我的叔叔寄来的。”他忽然有点不好意思，“叔叔在信中说，是老师推荐我的，老师在推荐信里说我是努力、上进、优秀的孩子。我没想到老师会这么夸我。”他偷偷瞄了一眼老师，黑黑的脸泛出红晕。“叔叔还说，他会一直支持我上学，直到我上大学。我不会让老师和叔叔失望的。”他紧紧地咬着嘴唇。

老师一脸迷茫，这份推荐信显然不是他写的。怎么会这样呢？老师也想不明白。但是，不管怎样，有一点可以肯定，他彻底改变了。老师坚定地拍拍他的肩膀。

谜底直到几年后才揭开。他考取了一所重点大学。资助人也赶来庆贺。班主任老师私下里问资助人，当初为什么会选择他这样一个问题学生？资助人一脸错愕，你们的推荐表上写的是优秀学生啊。资助人正好带来了最初的那张推荐表。班主任一看，上面潦草地手写着“许光军”，那是另一名学生，而他的名字叫许辉。

天上飘下来的礼物

收衣服的时候，发现一个衣架子是空的，探身往楼下一看，果然又被风刮到楼下去了。

喊儿子，去，到楼下林奶奶家的院子里，把掉下去的衣服拣上来。

儿子愉快地答应一声，蹦蹦跳跳地下楼去了。

风大的时候，晾晒在阳台上的衣服，常有一两件会被刮到楼下。一楼的林老太太，人有点孤僻，不太好说话。记得刚搬来的时候，有一次衣服掉到她家院子里去了，我下楼敲门，想进她家院子拣一下。敲了半天，老太太连门都不肯打开，“你到院子外去拿。”最后，从猫眼里钻出这么一句。我绕到南边的栅栏外，看见掉下去的那件衣服，已经被扔到栅栏外的草地上。看着皱巴巴的衣服，心里真不舒服。

奇怪的是，儿子倒是和楼下的林奶奶挺投缘。那天，又一件衣服掉楼下院子里了，我看看，离栅栏不远，估计拿根竹竿就能挑出来。我让儿子拿根竹竿下去挑挑看。儿子趴在栅栏边，用竹竿往里钩衣服的时候，林老太太突然走进了院子，儿子吓得不知所措，我站在阳台上，也很紧张，担心老太太会训斥儿子。没想到，老太太弯腰将衣服拣起来，隔着栅栏递给了儿子，隐隐约约听见她说，下次衣服再掉下来，你就从我家进来拿，好不好？儿子点点头。

就这样，衣服再被风刮到楼下的院子里，都是儿子去拣。

儿子似乎也挺乐意干这活儿。每次下去拣衣服，都要好大一会才回来。问儿子，在林奶奶家都干什么了？林奶奶喜欢清净，不要打扰了林奶奶。儿子歪着头，没有啊。林奶奶可喜欢我了，跟我说了好多话。林奶奶告诉我，他孙子跟我差不多大呢，可是，她只看过他的照片，他孙子在美国，还从来没回来过呢。

关于林老太太，我也听社区工作人员谈起过。他们告诉我，林老太太唯一的儿子在美国，很多年没回来过了。老伴去世早，儿子出国后，老太太就一个人生活。退休后，生活更孤单了，常常一个人闷在家里，跟外面的联系越来越少了，人也变得越来越孤僻。原来是这样。难怪那次我去敲门，她连门都不肯开。社区工作人员说，你们住她楼上，帮我们留意点，也尽量给老人点照顾。我点点头，又摇摇头，真不知道怎样帮这个孤僻的老太太。

日子平淡地过去，风偶尔会将我们家阳台上的衣服刮到楼下去。儿子“蹬蹬蹬”地下楼，又“蹬蹬蹬”上楼。他快乐得像一阵风。

有时候，我会问问儿子，楼下的林奶奶，生活得怎么样啊？儿子想想，说，林奶奶看到我的时候，是很开心的啊。

一次，儿子下去拣衣服，回来的时候，手上多了一把花花绿绿的糖果。儿子说，这是林奶奶给的，是林奶奶家的叔叔从美国寄回来的。儿子还自豪地说，我还帮林奶奶念了信呢，是叔叔写给林奶奶的。

儿子手上拿的衣服，叠得方方正正。儿子说，我们家的衣服掉下去后，林奶奶拣起来后，帮我们又洗了下，晾干了。

我的心里，酸酸的，感动。

我们和楼下的老太太仍然没有什么来往。儿子“蹬蹬蹬”地下楼，又“蹬蹬蹬”上楼。他快乐得像一阵风。有时候，从楼下林老太太的家里会传来“咯咯”的笑声，一个童声，另一个很苍老。

春节，我们一家回老家去了。回来时，才听说楼下的林老太太突然去世了，据说是无疾而终。我注意到，儿子的眼圈红了。

人们在整理老人的遗物时，看到了一个日记本，记录下了她最后的日子。基本上是流水账，但是，老人在日记里多次提到，从楼上刮下来的衣服，以及下来拣衣服的小男孩。老人的日记里，反复出现这样一句话："那是从天上飘下来的礼物。"

我明白老人的话。那也许是老人孤寂的生活里，最后一点期盼。

在行走中长大

临出门，儿子还是决定，穿上那双他最喜欢的运动鞋。这双运动鞋，是他15岁生日时买给他的，花了将近一千元，是我们给他买过的最贵的一双鞋，我和他妈妈从来都没舍得给自己买过这么贵的鞋。儿子也视这双鞋为宝贝，轻易舍不得穿的。这次，他却决意穿上。

我告诉儿子，那是很偏僻的山沟沟，路非常难走，很容易弄脏或者弄破鞋子的。儿子信誓旦旦，他会小心的。

儿子读高中了，这几天放秋假，我决定带他回祖籍看看，我也很久没去过了，顺便去看望几个远方堂兄弟。

坐了几个小时的汽车，又从县城换乘一辆“突突突”的三轮机动车，然后，步行了半个多小时的山路，终于来到了祖居的小山村。

只有大堂哥在家，其他几个堂兄弟都到城里打工去了。大堂哥领着我们在村里转了一圈，一大帮孩子跟在我们身后看热闹。大堂哥告诉我，这是谁家的孩子，那是谁的娃。他们的父亲我都认识，而他们的面孔，却是完全陌生的。

回到大堂哥家，正闲聊着，忽然一个瘦瘦高高的男孩子低着头走了进来。

大堂哥喊住了他，“二柱，这是你城里的叔。”又指指我儿子，“这是你城里的弟。”男孩怯怯地喊了我一声“叔”，又看了眼我儿子，嘴唇动了动，也不知道说的什么。

我拍拍身边的板凳，示意二柱也坐下来。这次带儿子回乡，其中的一个目的，就是希望他和老家的孩子们沟通沟通。儿子渐渐长大了，但我总觉得，现在的独生子女太自我，这一点，与我们小的时候截然不同。

大堂哥说，二柱在县城里的高中上高二，每个月回来一次，昨天刚从学校回来的。在县城读书，开销大，这几年家里的条件也不好，你嫂子身子又有病，我就不能出去打工，只能从庄稼地里抠点钱。

听着父亲的话，二柱不停地搓着手掌，看得出，他有点紧张。他与他的父亲——我的大堂哥，多么相像啊，简直就是大堂哥翻版，我眼前的时光，好像回到了很久以前。我上下打量着他，我的眼光，惊诧地停留在了他的双脚上，他竟然赤着双脚，脚上沾着一层浮灰。而边上，儿子的新款运动鞋，显得特别刺目。

二柱好像察觉到了我的目光，双脚往后缩。儿子的鞋似乎也往后缩了缩。两个孩子也许都感觉到了他们的不同，并为此不安。

儿子忽然站起来，走到二柱面前，伸出手："走，我们俩玩去。"

看着两个孩子的背影，我和大堂哥相视一笑，很多年前，大堂哥是我们这帮孩子的头儿。

两个孩子，很快熟悉，不时能听见他们爽朗的笑声。

大堂哥告诉我，家里条件差，苦了孩子，每次从县城回家，舍不得坐车，都是走回来的。几十里山路啊，一走就是好几个小时啊。大堂哥说，有一次他赶集回来，路上碰到儿子，手里拎着鞋，光着脚走。我知道他是怕石子磨破了鞋子啊。他穿的鞋都是他妈妈给他做的，可是，他妈妈有病，没力气啊，纳双鞋底，要花很长时间。

真没想到，大堂哥一家的生活过得这么艰难，而大堂哥的儿子二柱又多么懂事啊。

我和大堂哥又闲聊起村里的情况。

儿子忽然跑了过来，手里拎着一双布鞋，"老爸，我想要哥哥的这双鞋。"

我诧异而愠怒地看着儿子，真是一个不懂事的孩子。

"这双鞋可是纯手工的，哥哥已经答应我了。"儿子兴奋地说。

大堂哥看看我儿子，又看看二柱，“喜欢就拿去吧。”

我真想揍儿子一通。

“老爸，我是拿我的鞋和哥哥换！哥，你一定得换给我，不能反悔哦。”

这小子一定是吃错药了。

在儿子的软磨硬泡下，我同意了儿子的请求，拿他自己的运动鞋换哥哥的布鞋。

儿子高兴地脱下脚上的运动鞋，换上了二柱的布鞋，儿子走几步，很合脚。

告别大堂哥和二柱，我和儿子返城。

路上，我还是忍不住问儿子，怎么想起来用自己的鞋换哥哥的布鞋。

儿子盯着鞋尖，突然抬起头，“哥哥是他们学校篮球队的中锋，可是，连双运动鞋都没有。如果我不换，哥哥会答应要我的运动鞋吗？”

原来是这样。我骤然发现，儿子已经长大了。

第五辑

世间最温暖的归途

寻人启事

作文课。老师教完了应用文写作后，当场给学生们布置了一个题目：假设自己的妈妈丢了，请每个人写一则寻人启事。老师还给每个同学发了一份寻人启事样本，大家可以照葫芦画瓢，但是，里面的内容必须根据自己妈妈的真实情况撰写。

同学们似乎还没有反应过来，自己的妈妈丢了，写一则寻人启事？面对着寻人启事样本，同学们一时都不知道该如何下笔。

见同学们都没什么动静，老师说，这样吧，我再讲一遍写寻人启事的要点，大家一边听，一边写。首先，写下丢失人的姓名。

大家埋头在纸上写了自己妈妈的名字。

老师说，性别。

女。大家唰唰写下。

丢失人年龄。老师的话音刚落，班级里就炸开了锅。有人说，我妈好像42岁了吧。有人说，我妈妈从来没告诉过我她多大啊。有人说，我今年14岁，我妈妈该有三十八九岁了吧？几十个同学，竟然没有一个人能够准确地说出自己妈妈的年龄的。

老师摇摇头，年龄先空着吧。下面是最重要的部分，请写出丢失人的体貌特征。

“我妈妈特别爱唠叨……”“我妈妈很勤快，每天都要洗很多衣服，还要做饭，搞卫生……”“我妈妈总是要管我，连电视都不让我看，说我浪费时间……”“我妈妈最疼我了，有什么好吃的都留给我……”大家七嘴八舌，似乎对自己的母亲很了解。老师打断了大家的话，同学们说的，也许是你母亲的特点，但是，现在请大家写的是母亲的体貌特征，比如脸上有颗痣，手背上面有道伤疤，腰杆有点弯曲什么的。

同学们停止了议论，歪着脑袋，努力回想着妈妈的形象。每天都见到的妈妈，到底有些什么体貌特征呢？脸上有没有长痣？好像是有的，但想不起来在哪儿了。妈妈干活时，经常会受伤，可是，哪儿留下过伤疤？倒真的没注意过啊。妈妈的腰杆这几年确实有点弯了，总是直不起来，可能是太累了的缘故吧？可是，好像每个人的母亲都是这样的啊，这也算是体貌特征吗？

同学们勉强写下了几个特征，既像是自己母亲的，又好像不像。

老师说，请同学们再写下，今天妈妈穿的是什么衣服和鞋子。如果妈妈真的丢了，那么，最后离开家时穿的衣服，将是很重要的辨认依据。

班级里再次炸开了锅。穿着干净、漂亮衣服的同学们，叽叽喳喳地议论开了：哪个同学早上新穿了一双运动鞋，大家立即注意到了；最喜欢的那个电影明星，喜欢穿什么样式什么牌子的衣服，大家总是一清二楚……可是，早上和自己一起出门，甚至骑着车子将自己送到学校门口的妈妈，穿着什么颜色的衣服，什么样式的，却真的没有留意，从来也没有留意。

作文课彻底失败了，一个简单的寻人启事，竟然没有一个同学能写完整、写准确。最后老师面色凝重地对大家说，不是寻人启事难写，是大家对自己的妈妈根本就不关注、不了解啊。

儿子盯着我，盯着我，似乎要把我深深地刻印在脑海中。他告诉了我发生在作文课上的事情。我相信，那堂作文课上，儿子一定受到了很大的震撼。我摸着儿子的头，告诉他，天底下的爸爸和妈妈，都是用心去看自己的孩子的，所以，孩子的每一个细小动作，都逃不过父母的眼睛。记住爸爸妈妈其实一点也不难，只要用心，就足够了。

眼睛看到的或者会忘记，而用心记住的，会珍藏一生。

谁关注你的背影//

母亲从老家来。从火车站接到母亲，穿过车站广场，向停车场走去。母亲年纪大了，走得慢，虽然他放慢了脚步，但母亲还是落在了后面。

上了车。母亲忽然心疼地对他说，你的背怎么有点驼了？是不是趴在桌子上太久了？他是做文字工作的，每天都要伏案上十个小时。他点点头，没关系的。母亲轻声说，可你爸在你这个年纪的时候，腰杆还挺直的呢，你要照顾好自己啊。

父亲去世已经八年多了。记忆中的父亲，印象最深刻的，是他生命中的最后时光，躺在病床上，蜷缩成一团，干瘦，脸色蜡黄，了无生气。但只要子女来到病榻前看望他，他就会强撑着坐起来，面带笑容。父亲的背影，他还真记不大清了。从小，他就喜欢走在前面，大步流星，或者奔跑。总能听到身后的父亲或者母亲大声地提醒他，慢点，注意安全。因为总是跑在前面，他很少看到父母的背影，或者是看到了，却根本没有留意？

父亲的背影，到底是怎样的？他一边开车，一边努力地回忆。脑海中浮现的，却都是父亲忙碌的身影，竟然没有想起一个完整的背影。他看了一眼后视镜，与坐在后排的母亲，目光碰到了一起，母亲一直在盯着他看，盯着他的背影看。

他的心猛地颤抖了一下。

人到中年，他发觉自己不知道从什么时候开始，也时常怀旧，变得多愁善感了。

脑海中突然跳出来一个背影，是儿子的。

那是去年秋天，他和妻子一起，送儿子去成都上大学，顺便旅游一趟。陪儿子办好了入学手续，在学校门口，和儿子告别。儿子转身向校园走去。这时，一辆开往火车站的公交车来了，他喊妻子赶紧上车，妻子却一动不动，目不转睛地向校园里张望，他循着妻子的目光看过去，在来来往往的人群中，他一眼就看到了儿子的背影，瘦削，高大。公交车开走了。他和妻子一直目送着儿子的背影，消失在尽头的拐弯处。儿子一直没有回头。他看到妻子的眼里噙着热泪。妻子叹了口气，心疼地说，儿子太瘦了，你看他的背影，跟个电线杆似的。

儿子不会知道，妈妈和爸爸一直在他的背后，默默地注视着他渐渐远去的背影。

就像那天一样，儿子留在他脑海中的，有很多很多背影。

从儿子蹒跚地迈出人生的第一步那天开始，他和妻子似乎就习惯了他的背影。儿子学步了，他小心翼翼地跟在儿子的身后，随时张开双臂，以防儿子绊倒；儿子会跑步了，他一路小跑跟在后面，看着儿子轻快矫健的背影，他露出了开心的微笑；儿子上学了，每天送儿子到学校门口，目送儿子背着书包走进校园了，他才放心地离开；儿子高考的时候，他答应儿子，不送他，以免给他造成精神压力。儿子一走出家门，他和妻子就走到窗前，看着儿子走出居民楼，向小区外走去，直到他的背影，完全看不见了。

他知道，随着儿子一天天长大，留给他和妻子的，将是更多的背影。

他忽然意识到，作为人子，他却很少关注自己父母的背影。年少时上课读朱自清的《背影》，他怎么也体会不到朱自清先生的那份情感，甚至觉得作者太煽情了。等到自己长大成年了，目送的，也大多是自己孩子的背影。很少有父亲或者母亲的背影。他总是走在前面，他像自己的儿子一样，把背影留给了父母双亲。

车开到小区外。他打开车门，搀扶母亲下车。他和母亲一起，向自己的家走去。路上，他故意放慢脚步，走在了母亲的后面。母亲七十多岁了，腰板还不错，但是，步履已经有点蹒跚，迈着碎步。母亲真的老了。

母亲突然回头。他揉揉眼睛，加快了脚步，和母亲并肩，缓缓地向家走去。

有时候，人生需要回一回头。回头，你就会看见，默默地注视着你背影的那个人。那个人，一定是这个世界上深爱着你的人。

你在我身边，但我想你了

夜已经深了，妈妈坐在床沿上叠衣服。女儿忽然穿着睡衣呼呼地跑了进来，一下子扑进妈妈的怀里。

妈妈吃惊地摸摸女儿的头，乖女儿，是不是做噩梦了？

女儿摇摇头。

妈妈双手捧起女儿的小脸，那是怎么啦？

女儿娇嗔地说，没事，我、我就是想你了。

妈妈笑了，傻丫头，妈妈不是在家吗，就在你身边啊，想什么想？

女儿把头深深地埋进妈妈的怀里，我知道你在家里，但我就是想你了嘛。

妈妈紧紧地抱住女儿。

这是我的一位同事在朋友圈里晒的故事。同事说，自从女儿出生以来，她就很少和女儿分开，可是，已经六岁多的女儿还是会经常突然跑到她的身边，一把抱住她，对她说，她想她了。自己明明就在女儿身边啊，女儿为什么还会想她呢？

有人评论说，我知道你就在我身边，但我还是忍不住想你了。这个想念，是世界上最真诚、最朴素、最感人的想念。

其实，不独孩子，有时候，我们也会突然特别想念就在我们身边的某个人。那种想念，与距离无关。

父亲在世的时候，只从安徽老家来过杭州一次。那时候，他其实已经重病缠身，只是还没有检查出来。我们租的小房子只有两个房间，父亲来了后，孩子就和我们暂时睡在一起，另一个房间让父亲住。

那天晚上，已经睡下的我，不知道为什么，躺在床上就是睡不着，脑海里浮现的都是小时候的事情：父亲牵着我的手，第一次送我去邻村上学；我因为放鸭子丢了5只鸭，父亲在水稻田里四处寻找我的身影；有一年春节，父亲骑着自行车带我去亲戚家拜年，坐在后座上的我，一只脚不小心卷进了后车轮，父亲赶紧停下来，手忙脚乱地将我的脚从车轮里拔出来，心疼地搓啊，搓啊……

自从上大学后，我和父亲的相聚越来越少了，后来又从安徽来到了杭州工作，就更难得回家了。他把这个唯一的儿子抚养大，培养成人，却难得见上一面。

我突然无比地想念他，而他，此刻就睡在隔壁另一个房间，他就在我身边。我终于忍不住，披衣起床，蹑手蹑脚地推开了另一个房间的门。我不确定他有没有熟睡，我不想打扰到他，只想悄悄看一眼他。我知道，如果不看他一眼，这一夜，我将无法入眠。

没想到，父亲披着上衣，斜靠在床头，他也没有睡着。见我进来，他轻声问，还没睡啊？

我点点头。我无法说出口，我只是想他了，我进来就是为了看他一眼。我说，我找个东西。我装作找东西的样子，在书架上翻了几下，随便找了一本书。

找到了？父亲问。

我点点头。

父亲想说什么的样子，又咽了回去。你明天还要上班，赶紧去睡吧。

我说，没关系，反正您也还没睡，我陪您坐坐。

我坐在了父亲的床头。

我们像以往一样，只是那么安静地坐着，偶尔说几句无关紧要的话。我遗传了父亲木讷的性格，我们爷俩在一起的时候，能说的话并不多。

父亲倚靠在床头，我坐在他的身边。我们就那么坐着。五分钟，也许八分钟，也许更长一点时间。我只是偶尔看他一眼。有时，和他的目光撞在一起。

那是父亲唯一一次来杭州，来我在杭州的家。

在父亲去世多年之后，我仍然会时时自责，为什么那晚我不告诉他，我并不是要找什么东西，我只是想他了，我就是想过来看他一眼。我没有说，我说不出口。

我从来没有对父亲说过，我想他了。没有。无论是当面，还是电话里，我都无法开口说想他。就像他也从没有说过，他想我了。而我是真的经常想他，特别是那一晚，他就在我身边，但我突然特别地想他，无法遏止。

现在，我只剩下思念。除了照片，我再也见不到他了。

如果他能听见，我一定要对着他的照片，告诉他，爸，我想你了！

妈妈的家，忽远忽近

妈妈又住院了，她要去妈妈的家，为妈妈拿一些生活用品。

妈妈的家在另一个小区，离她自己的家大约两公里，不远不近，散步可达。父母原来住在老家，退休后，老两口一合计，将老家的房子卖了，在女儿身边买个小房子养老，互相有个照应。外孙女还小，需要他们老两口帮忙照顾；他们也慢慢老了，若有个头痛脑热的，女儿在身边，也好照应。就这样，买了这个小房子。

父亲在世时，老两口每天的生活是这样的：早晨，老两口从自己家走到女儿家，帮他们做做家务，带带孩子，晚上，老两口再踏着路灯和月色，从女儿家走回自己的家。前年，父亲去世了，母亲一个人独居，她不放心，想让母亲搬过来一起住，但是母亲不愿意。她还是像以往一样，每天早晨从自己家走到女儿家，帮他们做做家务，带带孩子，晚上，再从女儿家走回自己的家。所不同的是，以前是两个人，一路上还可以和老伴说说话，现在，是她一个人。

这几年，孩子大了，不需要照应了，母亲也真的老了，来回走有点吃力了。她就对母亲说，妈，今后你就不用每天这样来回跑了，还是我们去看你吧。正在厨房拾掇的老母亲迟疑了片刻，点点头。

那一周，母亲就没再像以往一样准时来她家。每天晚上，她都会打个电话过去，问候一声老妈。到了周末，他们一家三口决定去看望老妈。之前，这条路他们当然也走过，但更多的时候，是父母来来回回，走在这条路上。

路上花了二十多分钟。不知道是走得急，还是平时走路太少，她都有点气喘吁吁了。她对老公说，其实还是蛮远的，当初要是买得更近一点就好了。

儿子说，比我学校近多了。再说，以前外公外婆每天都走一个来回，他们都不觉得远，也不觉得累呢。

她认同儿子的话，她当然不是嫌累，只是隐隐地觉得，母亲若是突然身体不舒服什么的，两公里的路，还是远了点，不方便，她更害怕因而耽误了时间。

从那以后，每个星期，再忙，她都会去妈妈家一两次，看望老妈。

有时候，她觉得妈妈的家很近，有时候又感觉很远。

那天下班回到家，老公出差了，儿子又返校了，空荡荡的家里只有她一个人。她不想做饭，也不想一个人待在家里，就给妈妈打了个电话说，我马上过来啊。妈妈说，我正好也没吃饭，等你来了一起吃。

她只用了十几分钟就走到了妈妈的家。老妈正在厨房忙碌，油烟机呼呼作响。吃饭时，妈妈却笑着说，我早吃过啦，这几个菜，都是我刚刚新做的。她开心地吃了一碗半的饭，之前天天坚持的节食减肥计划，全抛一边去了。

那天晚上，她没有回家，和老妈挤一张床，母女俩聊了半宿。她觉得父母从老家搬过来，住得这么近，真好。

有时候，她和老公晚饭后散步，走着走着，不知不觉就走到妈妈家这边了。抬头看看二楼，如果灯是亮着的，他们就会上去坐坐，陪老母亲说几句话；如果灯不亮，老妈可能已经就寝了，老年人都睡得早，他们就不上去了。

有一次，他们下乡，到果园里摘了很多新鲜水果，回来后，她就挑了些母亲爱吃的，送到妈妈的家。路上，她忽然想到，妈妈经常会在自己家炖好了她最爱吃的老鸭汤，给他们送过来，送到的时候，汤还是热乎乎的。自己的家与妈妈的家这么近，真方便，真好。

但有时候，她又发觉，妈妈的家离自己的家还是远了点，远得容易出事，不安全。

有天半夜，她的手机突然响了，是老妈打过来的。老妈断断续续虚弱地说，自己上吐下泻，实在是熬不住了。

她和老公赶紧起床，开车，直奔老妈的家。只有两公里，三个红绿灯，拐两个弯。但她感觉路太长了，深更半夜，红灯怎么还设置那么长时间？你就不能开快一点吗？她焦急地一遍遍催促老公。四五分钟，也许只有两三分钟，他们就赶到了妈妈家的楼下，但她还是感觉时间像过去了几个小时。

妈妈是食物中毒，幸亏及时将她送进了医院。那一刻，她意识到，虽然只有两公里，但对于渐渐年迈的母亲来说，离自己的家还是太远了一点。

这一次，妈妈又住院了。老毛病复发，医生检查后说，暂时没有大碍。不过，医生叮嘱她，这个病身边得有人，一旦发现晚的话，就回天乏术了。

去妈妈家的路上，她一边走，一边想，等妈妈这次出院了，必须和他们搬到一起住。她不能再让妈妈一个人独居在两公里之外了，那是妈妈这个年龄，也是亲情，绝不能承受的距离。

妈妈，喊您千声也不倦

“妈，我吃饱了。”小女孩走到女人身边，湿漉漉的双手在衣摆上擦了擦，说：“妈，我把碗也洗了呢。”

女人赞许地看了女孩一眼，点点头，继续埋头干着手头的活。她是个补鞋匠。她手头正在补的，是我刚刚拿来的一双旧皮鞋。

“妈，那我看会儿电视啊。”小女孩看起来七八岁的样子。

女人点点头。我扭头看了看，小小的店铺里面，用布帘子隔成了两截，墙角放着一台老式电视机。小女孩打开了电视，调了几个台，最后停在了一档动画片节目上。小女孩搬了张小凳子，安静地坐在电视机前。

女人对我说，开口的地方，上点胶水，再机扎一下吧，这样牢固些。我点点头。

屋子里飘浮着一股有点刺鼻的胶水味。

“妈——”小女孩又喊了一声。

女人抬起头，看看小女孩，问，有啥事么？小女孩笑笑，小嘴巴噘了噘，“妈，我忘了有嘛事了。”

女人摇摇头，继续忙活。

我笑着对女人说，你女儿嘴巴真甜，一口一个妈。

女人也笑了，这娃，一天要喊几百声妈，有事没事，都要来烦你一声。

小女孩听到妈妈在说她，不高兴了，小嘴巴嘟囔着，“妈，你又说我坏话了吧？再说我坏话，我不喊你了。”

女人没抬头，妈没说你坏话，妈夸你呢。

小女孩乐了，“妈，我晓得你没说我坏话，我逗你呢。”

听母女俩的对话，真是一件趣事。

上了胶水，需要等一会，女人拿起了另一只要补的鞋。

我问女人，以前好像没看到过你女儿？

女人说，孩子她爸在工地上做木工，孩子一直留在老家，爷爷奶奶照顾着。前几天，学校放假了，爷爷奶奶要做农活，管不了孩子。夏天，孩子喜欢玩水，我们那儿，每年夏天都有孩子被水淹死的。放在老家实在不安心呐。正好我新租了这个小门面，比以前在路边摆地摊条件好多了，就把孩子给接来了。

女人看了一眼小女孩。这孩子，从小我们就没怎么带过她，孩子出生的第二年，我就和孩子爸爸一起出来打工了，每年只有春节才能回去一趟，见孩子一面。以为孩子跟我们生分了，没想到，孩子还是跟我们这么亲，但我们对她的付出真是太少了。女人的话里，又是欣慰，又是歉疚。

“妈，你咋又说我呢？我就是喜欢喊你嘛，妈！妈！妈——”小女孩撒娇地连喊了几声“妈”。

我的鞋修好了。走出修鞋铺，我听到身后小女孩又在喊，“妈，那我做会作业了啊。”声音那么甜。

从我身边，跑过几个小男孩，浑身晒得黑黝黝的。这个城中村里，租住了很多外地民工和做小生意的人，这些孩子，大多是他们的父母临时从老家接来的。毒辣辣的阳光下，他们玩得多么开心。

我知道，对他们来说，这是一次短暂的聚会，一年中，唯有这些天，他们可以和自己的父母厮守在一起，至少晚上，父母们能从各自打工的工厂、工地、店铺回到出租屋——这个简陋的家中。也唯有这些天，他们可以当着父母的面，喊一声：“爸！”“妈！”

爸，妈，喊您多少声，我也不会厌倦。

父亲都是艺术家

//

作文本收上来了，他在昏暗的灯光下，一本本批改。

这次的作文是写自己的父亲。他觉得，这些来自农村、跟随打工的父母进城的孩子，事实上对于自己的父母了解并不多，而尤其让他担忧的是，有的孩子对自己农民工身份的父母，有一种自卑和轻视，认为自己的父母与那些城里孩子的父母比起来，身份低微，素质不高。他希望通过这篇作文，让孩子们对自己的父亲有更多一点了解和理解，从而加深亲子关系。

一篇篇看下来，基本上都是写自己打工的父亲怎么辛苦，如何劳累，多么卑微。这也难怪，农民工子弟学校的孩子，父亲不是工地上的泥水匠，就是车间里的操作工；不是烈日下扫马路的，就是码头上挥汗如雨的搬运工；不是在小区收购垃圾的，就是气喘吁吁的送水工。

又打开一本。作文的标题让他眼前一亮，“我的艺术家爸爸”。艺术家？这怎么可能！在这所条件极其简陋的农民工子弟学校，别说没有艺术家的子女，就连一个普通的城里孩子也不曾有过。本能的感觉是，这个孩子是虚荣心作怪，编故事。

好奇地读下去。孩子写道，我的父亲有一个很大很大的工作室，这里堆满了大小、粗细、厚薄不一的木头和木板，空气里弥漫着木头的香味，地上到处都是卷曲的刨花，而刨花下面，是泥土一样细碎的木屑，刨花就是这些木屑土上开出的花朵……

难道孩子的父亲，真的是一个民间雕刻家？忍不住好奇，继续读下去。接下来，孩子笔锋一转：没错，我的爸爸是一个木匠，但在我的眼里，他就是一个艺术家。

看到这里，他忍不住“扑哧”一声笑了，果然只是一个普通的木匠。

再读下去，他的笑容凝固了。孩子写道，爸爸是建筑工地上的一名普通木工，那些大楼里的很多木活，都是爸爸做的，他靠自己勤劳的汗水，养活了我们一家。爸爸虽然只是一个木匠，但他心灵手巧，木头在他的手下，仿佛都有了生命。刚搬到出租屋时，我们家一无所有，很多东西都是爸爸亲手做出来的，比如我做作业的桌子，就是爸爸用工地上废弃的边角料做的，其中的一条腿，竟然是用四截短木棍连接起来的，每个榫眼都严丝合缝，咬合在一起，整张桌子，甚至都没用一根铁钉。

孩子骄傲地写道，爸爸经常会带一两个小玩具回来，给我和妹妹，那都是他利用中午的休息时间，用碎木块做出来的。我12岁生日的时候，他给我做了一只木刻小公鸡，那是我的属相，至今挂在我的床头。有一次房东看见了，爱不释手，以为是从哪个精品店买的，他也属鸡。爸爸就给他也做了一个，还按照他们家每个人的属相，各做了一个木刻，现在都挂在房东家客厅的墙上。爸爸给我做过手枪，做过棋盘，做过文具盒，还帮我们学校修过桌椅呢。

最后，孩子写道，爸爸是建筑工地的木工，我没有看过他在工地上做过的东西，但我想，那些住进大楼里的人，一定像我一样，使用过并喜欢上他做的东西。爸爸小时候穷，没读过几天书，不然的话，他一定会成为一个艺术家。不，在我的眼里，他就是一个艺术家，能让每一根木头说话，让每一片刨花唱歌的艺术家。

他的眼睛湿润了。他觉得自己差一点误解了孩子。不知道为什么，他的眼前突然浮现出自己父亲的影子。在他的眼里，自己的老父亲只是一个老实巴交的农民，一辈子没有离开过土地，一辈子没有离开过穷困的村庄。播种，锄草，捉虫，收获，日复一日，年复一年。他忽然想，在那么贫瘠的土地上，老父亲养育了自己，这是多么厚重的一件事啊。

他想好了，就以孩子的这篇作文作范文，他要念给其他的孩子们听，并大声地告诉他们：你们的父亲，是环卫工，是垃圾王，是泥水匠，但也是艺术家，因为他们创造了生活，养育了我们。而这，是多么了不起的一件事情！

老母亲的第一次

//

因为路上堵车，飞机上机时间快到了，所以，一下车，我就拖着行李箱，急匆匆走进候机大厅。回头一看，母亲却没跟上。赶紧又回头找母亲，她拎着布袋子，不知所措地站在候机厅的玻璃门外。看见我，母亲讪笑，一睁眼你就不见了，这都是玻璃窗户，你怎么走进去的？我告诉母亲，这是感应门，你走近一点，它就会自动打开的。时间来不及了，我们赶紧进去吧。

母亲歉疚地点点头，那我们快点，我跟紧你。

还好，候机厅显示屏告示，我们的航班晚点了。我对母亲说，你就在附近找个位子坐一下，我先去上个厕所。等我上完厕所回来，看见母亲茫然地站在原地，一动未动。我指指边上立柱下的空座位，问她为什么不去坐一坐。母亲喃喃地说，里面这么大，我怕一走开，你回头找不到我了。

我的心一紧，忽然意识到，这是母亲第一次出远门，第一次坐飞机。

母亲已经七十多岁了，我在杭州工作十几年，母亲来过几次，但每次都是应我的要求，来临时帮我们照顾孩子的，除了带她老人家到西湖边玩过一次外，她几乎没走出过我们小区。这一次，我就是特地带母亲坐飞机去厦门旅游。

排队过安检时，母亲一直拽着我的背包带，仿佛一松手，我就会消失在茫茫人海似的。到了安检口，我对母亲说，安检必须一个人一个人来，要不你在我前面进安检口？母亲不安地说，我……我不会啊。我把登机牌和身份证交给母亲，告诉她，只要把这两样东西交给安检员就可以了。母亲犹豫了一会，说，那……那还是你先进去吧，我看看你是怎么做的。又加了一句，进去后你要等着我啊。

我的鼻子忽然有点发酸。母亲虽然不识字，但在我们老家村子里，她算是非常能干的妇女，什么农活、重活，都是一把好手。记得小时候，母亲第一次带我上几十里外的县城赶集，那是我小时候见过的最大的世面，我亦步亦趋地跟在她身后，生怕走丢了，对她崇拜得不得了。一转眼，母亲老了。

登上飞机，母亲浑浊的眼睛里，不时流露出惊讶，但我看出她努力抑制着，不表现出来。母亲年轻时就好面子，我知道她是怕显露出来，显得自己很没见识，而丢了身边儿子的脸。

空姐在发放食物了。空姐问母亲，是吃面条，还是米饭？母亲看看空姐，又看看我，忽然摇摇头。我们一早出门，没来得及吃东西，我知道母亲其实饿了，于是替母亲要了一份面条，她爱吃面条。等空姐走远了，母亲轻声责怪我，飞机上的东西很贵吧。我轻声告诉她，这是免费的。母亲这才释然。

下了飞机，母亲回头看了一眼，兴奋地对我说，没想到这么一大把岁数了，还坐上了飞机，我们村里，还没哪个老太太坐过飞机呢。老母亲的喜悦溢于言表。

母亲没有想到，我也没有想到，接下来的几天旅程，母亲经历了自己人生中的一个又一个“第一次”。

出发之前，我就在网上预订了一家海滨酒店，四星级的。跨进酒店金碧辉煌的大堂，母亲小心翼翼地问，我们住这儿？我点点头。母亲一听，拉着我就往外走，太贵了，我们找家小旅馆住就可以了。我告诉母亲，钱已经付了，而且，网上订的也不算贵。母亲极不情愿地住下了。在房间里，母亲轻柔地抚摸着洁白的床单，笑着说，这是娘这辈子住过的最好的旅馆，睡过最软的床了。她的语气，既自豪，又心痛。

出酒店不远，就是厦门海湾，站在蔚蓝的大海边，母亲激动地说，这就是大海吗？我点点头，告诉她，这里看到的是海湾，再外面就是茫茫大海了。海真大啊，水真蓝啊，跟电视上看到的一样。母亲喃喃地说，我看到真大海了，回去我要告诉你张婶、李大妈，大海是什么样子的，她们这辈子是看不到大海了。

担心母亲吃不惯海鲜，晚餐时，我只点了豆腐鱼和海瓜子。母亲尝了一口豆腐鱼，嘬嘬嘴，评价说，有点腥，但肉真嫩啊。

我又盛了一勺海瓜子放在她餐盘里，母亲好奇地问，这叫什么？我告诉她，海瓜子。母亲笑了，海里也长向日葵吗？我也笑了，没想到老母亲有时候也挺幽默呢。

母亲竟然吃得下海鲜，接下来的几天，我特地每餐都点几个不同的海鲜。大部分我都吃过，但母亲都是第一次吃。看到母亲吃得有滋有味的样子，我总是一次次想起自己小时候，母亲去镇上赶集，每次都会给我们兄妹几个带回一点好吃的，因而每次只要母亲去赶集，我们都会眼巴巴地等着她回来。

除了坐火车从安徽老家到杭州，母亲这辈子没有出过远门，厦门，是她走过的最远的地方了，也是七十多岁的她，第一次真正出门旅游。一路上，看到的，吃到的，听到的，玩到的，对她来说，都是第一次。在离开厦门前的一个晚上，母亲忽然重重地叹了口气，我以为她有什么不舒适，母亲幽幽地说，要是你爸还活着，也看到这些，该多好啊。又笑笑说，回去就是马上死了，也值得了。

那一刻，我的眼泪夺眶而出。

我以为母亲什么都不知道

5月19日，星期天。像其他的星期天一样，他回家，陪母亲。

他顺路买好了菜，一条鱼，加一些蔬菜。如果他不买菜的话，母亲就会自己去买菜。母亲去买菜的话，那可不得了，鸡鸭鱼肉会买上一大堆。上了年纪后，母亲几乎不吃荤菜了，但只要他回家，母亲就会早早地去菜市场，而且必定买上很多荤菜。母亲总觉得他工作太辛苦，吃得又不够好，母亲希望给他补补。他也有一点年纪了，也吃不下那些荤菜了，再说，那么多菜，吃不完，母亲又舍不得倒掉，她就会放进冰箱，一天接一天，慢慢吃。他跟母亲讲过，别买那么多菜了。母亲听不进。所以，后来每次回家，他都会提前打电话告诉母亲，自己会顺路买菜带回去。

母亲便不再买菜，但她还是会早早地买好多水果，放在家里，让他吃。母亲觉得，他不但缺营养，也缺维生素，要不，怎么才中年，就秃顶了呢，就掉牙了呢，就头发花白了呢，母亲总是心疼地说。他其实并不爱吃水果，但母亲既然买回来了，他会各种水果吃一点。吃不了的，母亲让他带回去，他不带，水果一时又坏不了，那就让母亲在接下来的日子，像以前对付剩菜一样，一天接一天，慢慢将它们消灭吧。

母亲已早早地为他沏好了茶，他到家的时候，茶总是正好温温吞吞，喝着刚刚好。他将菜放进厨房，交给母亲做菜。他在自己家里是做饭的，回到母亲家，母亲却从不让他下厨。回家了，你就好好歇歇。母亲说。他当然不能歇着，他是回来陪母亲的。可是，像大多数男人一样，他并不擅谈心，和母亲，他就更没有多少话要说。以前，父亲在世时，他还会跟父亲谈谈他的工作，母亲总是不声不响地坐在一旁，听父子俩唠嗑。现在，他回到家，便会找一些事做，比如有个灯泡坏了，他就会换一个；衣柜的拉手松了，他找来起子，将螺丝拧拧紧。这些都是男人活，以前都是父亲做的。

今天，他早打算好了。天气渐热了，他要将母亲房间里的空调滤芯拆下来，清洗一下，还有客厅里的吊扇，扇叶上落满了灰尘，也需要擦干净。母亲在厨房做饭的时候，他就开始动手干活。母亲做好饭的时候，他也利索地做完了这一切。

母子俩一起吃饭。像大多数时候一样，母子俩吃饭很安静，母亲有时会主动找一些话题，大多他并不感兴趣，因而只是附和几声。不过，今天，他想主动讲点什么。来的路上，他就想好了，今天应该向母亲表达点什么，这么多年了，他从没有向母亲流露过任何感情。可是，今天不是不一样吗？坐地铁时，就看到好多人手里捧着鲜花或礼盒什么的。他本来也想买一束康乃馨，或者给母亲买件衣服，但终于什么也没有买。不是他舍不得，就算有人为他准备好了一束花，他也不好意思捧着送给母亲。再说，他安慰自己说，母亲不识字，生活也很古板，一年当中，除了春节、端午和中秋，剩下来的节日，就只有他们一家人的生日了。她哪里会知道今天是什么日子？她也根本不会在乎吧？

他咽了一口饭，张开嘴，嚅了嚅，又咽了回去。还是算了吧，无论是对快八十岁的老母亲，还是对他这个已经很油腻的中年男人来说，他都觉得太矫情了。他还是习惯就这样回家，陪母亲吃顿饭，帮她做一些体力活，来得更实在些。人家不是说了吗，陪伴就是最好的亲情。

吃过饭，他在另一个房间休息了一下。他打开手机，朋友圈里都是母亲节的祝福。他想，幸亏自己的母亲不识字，压根不知道这个节日，不然，他真的不知道自己该怎样张开口向母亲表达那些煽情的话，他实在说不出口呢。

他要回家了。母亲送他到门口。他说，妈，我下星期再来看你啊。母亲嗯了一声。他又说，那我走了啊。母亲又嗯了一声。他转身走出门的刹那，母亲突然说，回去别忘了，让寒儿买束花送给他妈啊，今天可是母亲节呢。

他愕然地支吾了一声，他没想到，母亲竟然知道今天是什么日子。他几乎有点仓惶地走出了母亲的家门，他在心里说了声：“妈，我爱你！”

他希望老母亲能听见。

我是你的『痒』

语文老师让孩子们造句，我是妈妈的什么？

有孩子说我是妈妈的小棉袄，有孩子说我是妈妈的宝贝，有孩子说我是妈妈的骄傲……有个女孩站起来，嚅嚅地说："我是妈妈的痒。"

老师没听清，以为孩子发音不准，问了声："你是说，你是妈妈的小绵羊吗？"

孩子摇摇头，再次说："我是妈妈的痒。"还用手示范性地在身上挠了挠。

老师"噗嗤"一声乐了，全班的同学也跟着哄堂大笑。

但我觉得，这孩子说得真好，真贴切，真独特。

细想一想，孩子与父母的关系，可不就像"痒"一样？

孩子调皮捣蛋，屡教不改，让你抓瞎、着狂，恨得你牙痒痒。这痒，是爱恨交加的痒。

出差在外，一日不见孩子，心里便痒痒。这痒，是思念之痒。

孩子不听话，大人吓唬他是骨头痒了。

孩子犯错了，父母两人一个骂几句，一个旁边护一护，犹如隔靴搔痒。

父母与孩子生了间隙，闹了矛盾，伤了感情，就像一个刀口，一处伤疤，其和解、消弭的症状就是痒，只是这个“痒”不宜挠，不能抓，不要图一时之快，以免再次发炎，生出新的事端来。父母与孩子的关系，不可能总是风和日丽，做父母的，就是要痛能忍，恨能忍，痒也能忍，爱也能忍。

孩子小时候，是手痒，摸摸他的头，拍拍他的肩，捏捏他的脸，这痒就解了，没了；及至孩子长大了，离开身边了，就变成了心头的痒，够不着，也挠不着，就那么痒着，担心着，思念着，牵挂着。

对孩子的爱与不舍，就像痒一样，往往越挠越痒。本来只是一点点痒，一点点想念，挠着挠着，想着想着，就浑身都痒了，里外都痒了。而且，就像痒一样，越到夜深人静时，越是孤单寂寞时，痒越甚，对孩子的思念也越浓越重。

痒这个东西，会跟随我们一生，你不知道什么时候哪里就痒了。孩子也是我们一生的“痒”，永远挠不够，永远无解药，也永远放不下。

其实，不独孩子，很多时候，人与人之间的关系，也像

“痒”一样。这个世界，有人是你一辈子的依靠，也有人是你一辈子的痛，还有人是你一辈子的痒。这个“痒”，大多是轻微的痒，挠一挠，就淡了，没了；也有的是钻心的痒，比痛更甚，比病更重，让你记住一辈子。

妈妈牌闹钟

//

明天早晨要早起，参加一个很重要的活动。

我在手机上设置了闹钟，早晨5点45分。不放心，又设置了一个闹钟，早晨6点整。那已是最迟的起床时间了，如果不能在6点之前起床，别说吃早饭，刷牙洗脸都来不及了。

虽然有了双保险，还是不放心。这个活动对我来说太重要了，绝不能迟到。但我平时起床都比较晚，我还是担心两个闹钟也不能将我叫醒。把闹钟当催眠曲，这事我还真干过。看样子，必须还得有个保障才行。

我想到了正在厨房拾掇的老妈，她正在准备明天的早餐。为了我们一家人都能精力充沛地去上班上学，她总是头天晚上就将丰盛的早餐预备好。

我跟老妈说，明天早晨我要早起，5点45分就要起床，你记得喊我一下。

老妈惊愕地看着我，为啥这么早起床？

从小到大，她总是嫌我起床太迟。这么一大早就起来，对她老人家来说，真是太阳打西边出来了。

我说有个要事。我将“要事”两个字加重了语气。

老妈郑重地点点头。

这就放心了。像天下所有的妈妈一样，我的老妈也天生是个闹钟，最准时，最响亮，最勤快，不把你从温暖的被窝里喊起来，绝不歇止。老妈牌闹钟，从我第一天上学开始，就上岗了，从没犯过错。有段时间，老妈上小夜班，回到家往往半夜了，又累又困，但你放心，第二天早晨6点一刻，我每天必须起床的时间，她一定会准时来敲门。第一次敲门声是温柔的，不忍心的样子；如果没能将我唤醒，5分钟后，将是第二次敲门，“咚咚咚”，伴随着她粗大的嗓门。如果我还是没能睡眼惺忪地爬起来，10分钟，也许仅仅是8分钟后，将是第三次敲门——不，不是敲门，这回根本就没有“敲”这个动作了，省略了，而是破门而入，直接掀起被子，将上衣、裤子和臭袜子一股脑儿扔到我脸上，嘴里还不满地吼着，都喊你一万遍了，还不赶紧起床！

我一直纳闷儿，是不是所有的妈妈，她们的脑袋里天生都带着一个闹钟？无论你多困多累，也无论她们自己多倦多乏，她们都会在需要的时间欢快地闹起来。而且会持续地闹下去，直到你从美梦中一次次被惊吓、彻底清醒为止。

最奇怪的是，我的妻子以前也是个瞌睡虫，多少闹钟都叫不醒的一个人，在她自己做了妈妈几年后，脑子里也忽然长出了一个闹钟，每天将她自己准时闹醒，也一次次将我们的儿子从被窝里叫醒。闹钟就像母亲们的传家宝一样，一代代传递着。

虽然从小就害怕甚至讨厌妈妈的“闹钟”，但是，明天早晨，有了老妈这个“闹钟”，我晚上可以踏踏实实地睡觉，而完全不用害怕睡过头，也不用担心手机里的两个闹钟叫不醒我了。

果然，第二天一大早，敲门声和手机里的闹钟同时响起，将我准时唤醒。

睡眼惺忪地爬起来，洗漱，吃早饭。稀饭的温度不冷不热，正好。还有我最喜欢的鸡蛋饼。

坐在一旁的老妈，不时打着哈欠。

老妈习惯早起，平时这时候她也起床了啊，怎么今天看起来一副没睡好的样子？

参加完活动，中午回家，看见从不睡午觉的老妈，躺在沙发上，竟然睡着了。我忙问她，是不是哪里不舒服？老妈摇摇头说，没事没事，就是有点困，人老了都这样。一旁的老爸插话说，为了一早喊你起床，你妈昨晚一夜没睡好。三四点钟就醒了，一次次爬起来看挂钟。

我一脸错愕，醒那么早干什么？就你们平时起床的时间就差不多了啊。

老爸不满地嘟囔着，你以为你妈脑子里真有个闹钟啊，想什么时候醒就什么时候醒？她害怕自己睡过头，耽误了喊你起床，一夜都没睡踏实。早上5点钟就起床了，喊早了，舍不得，想让你多睡一分钟也是好的；喊迟了，又怕你来不及。就这样来来回回地看挂钟，直到5点45分，才分秒不差地敲你的门，喊你起床。

原来是这样。

亲爱的妈妈牌闹钟，您该放放松，好好歇息了。

我在心里说过了

3岁。我拿了邻居小孩的一块糖。我太想吃一颗糖了，而他有好多颗，我就拿了一颗，我只拿了一颗。邻居妈妈带着她的小孩上门告状，妈妈当面打了我一巴掌。我委屈得哭了。妈妈让我承认错误，说声对不起，我在心里说过了，但妈妈没听到，于是，妈妈打得更凶了，一边打，一边骂我是个犟种。

第二天，妈妈不知道从哪弄来了一把糖，还当场剥了一颗塞进我嘴里。那颗糖跟我昨天拿的邻居小孩的糖一样甜。我在心里说，谢谢妈妈。妈妈没听到，但我看得出，她看着我吮吸糖果的甜蜜样子，很开心。

8岁。我在学校和一个胖男孩打架了。他比我高大，也比我壮实，他说我爸爸坏话，我便和他打起来了。我的头上撞了一个大包，我没哭，但他哭了。他哭了，老师就把我妈妈喊到了学校。妈妈问清了缘由，让我向胖男孩道歉，我什么也没说。妈妈只好自己一个劲地向胖男孩和他爸爸赔礼道歉。

回家的路上，妈妈发现了我头上鼓起的大包，心疼地问我痛不痛？我摇摇头。我忽然看见妈妈扑簌簌直掉眼泪。我在心里跟妈妈说，包很疼，但我不怕疼。妈妈没有听见，只是眼泪不停地砸在我的额头上。

14岁。学校有活动，让我们提前放学回家。我打开门，看见妈妈正好从我的房间里走出来。她的手里拿着一块抹布，很显然，她刚刚将我的房间打扫过了。我的房间总是干干净净的。我放下书包做作业，却意外地发现，我的日记本封面有点湿湿的，一定是她刚刚翻看了我的日记。我生气地拿着日记本走出去，叱问她，是不是动了我的日记本？她嚅嚅地解释着什么。我听不清，也不想听清，我只想严正地告诉她，今后别乱翻我的东西。

那一年，我的同桌是个女生，我承认，我有点喜欢她。但我没跟她说过，我也不会在日记里记下什么。那时候，我的日记大多只是流水账。但我不喜欢妈妈偷翻我的日记，她总是像贼一样偷翻我的东西，我已经忍无可忍了。我借机爆发。

我再次从房间走出来的时候，看见妈妈在厨房里，一边做着饭，一边抹着眼睛。她看见了我，说辣椒太辣了。我知道她为什么抹眼泪。我的心情已经平复了，所以，我在心里对她说，对不起，妈妈。她没有听见，连声说，饿了吧，饭马上就好。

18岁。我考上了外地的一所大学。爸爸和妈妈送我到车站。我从爸爸手里接过行李箱，从妈妈手里接过背包，走进了检票口。回头看见爸爸和妈妈眼泪汪汪地站在人群的后面，向我挥着手。我的鼻子一酸，张了张嘴，在心里说了一声，爸妈，保重，我会想你们的。

30岁。今天，妻子和妈妈拌嘴了。妈妈是来帮我们照看小孩的。喂孩子吃米汤时，妈妈先用嘴唇碰了碰，感受一下米汤的温度，这一幕恰好被妻子看见了，妻子觉得这不卫生，妈妈认为，我们兄妹几个她都是这么喂大的。两个人就不愉快了。

我把妈妈拉到一边，准备劝慰一下她。妈妈却冲卧室努努嘴，轻声说，妈没事，你赶紧去安抚安抚她。我去卧室劝慰妻子，讲了好半天，总算把妻子安顿好了。我和妻子从卧室走出来的时候，妈妈已经做好了饭菜，让我们赶紧吃饭，她自己抱起小孩，到阳台上哄去了。看着妈妈的背影，我在心里说，妈，您受委屈了。

50岁。忽然特别思念老家的老母亲，我已经大半年没有回家探望他们了。于是，立即请了假，买上车票，直奔老家。妈妈正在院子里和老父亲一起晒太阳。确认是我回来了，老两口高兴坏了。妈妈忽然想起了什么，问，又没放假，又不是星期天，你咋回来了呢？我在心里说，我想你们了，就回来看望你们呗。话到嘴边，变成了：“我出差，正好路过，就顺道回来看看。”

62岁。老母亲没了。办完了丧事，亲朋好友都散了。我一个人坐在老宅的院子里，看着满院的桃花，灿烂盛开，那都是老母亲一棵棵栽下的。花开了，老母亲走了，忽然悲从中来，不禁老泪纵横：妈，儿子想你了哇。

这辈子，我在心里说过无数遍这句话，也在心里无数次说过对不起，说过我爱你，说过我想你。这是唯一说出口的，而早年就去世的父亲没机会听见，现在，母亲也听不见了。

我早该说出口的啊。

我有多久没抱过你了

今天早晨，我是被自己哭醒的。

一个快60岁的小老头，还会哭鼻子，甚至还会把自己活活哭醒，真是难为情死了。

我是在梦中哭的。现实中，我已很久没有哭过了。一个大男人，轻易不哭，再说，这些年我的生活挺好的，基本上没遇到什么太伤心难过的事，就算我是一个爱哭鼻子的人，也没理由哭。

今天凌晨，我却哭醒了。

我去幼儿园接儿子。奇怪，那个幼儿园的场景，我竟然一点也不熟悉，好像我是第一次来这儿接儿子。门口有一个班，十几个小朋友和老师席地而坐。有人来接孩子了，老师就将那个孩子领出来，交给家长。我找了一遍，又挨个看了一遍，没有我的儿子。看来，我儿子在另一个班，里面的班。我就问一个老师，别的班的孩子怎么接？我竟然不知道怎么接孩子，真像一个第一次到幼儿园接孩子的爸爸。老师说，你喊一声，里面就听见了。

我对着里面轻轻喊了一声。声音很轻，我觉得大声的话，会吓到了别的孩子。旋即，里面答应了一声，一个童声，陌生，又熟悉。是我儿子的声音。

紧接着，儿子背着小书包，从里面跑了出来。他穿着格子童衫，我清楚地记得，这件衣服是我和他妈妈20多年前一起买的，纯棉的。

儿子也一眼看到了人群中的我。他向我扑了过来。

那一刻，我竟然犹豫：要不要蹲下来，张开怀抱迎接他。

我肯定是蹲了下来。儿子穿过人群，一下子扑在了我怀里。他冲过来的力量很大，差点将我撞倒了。

我抱了抱他，从他后背摘下小书包。告诉他，你妈妈也来了，我们来了好大一会了。

儿子在人群中找到了妈妈。我不知道她为什么是坐在地上的？也许是等得太久了。儿子跑了过去，抱住他妈妈，亲了一口。我扭头看到这一幕，心放下了。我担心儿子不会抱他妈妈，我也担心他妈妈会扭开脸，不让儿子亲她。没有，妻子抱住了儿子，还让儿子亲了她。我背着儿子的书包，妻子牵着儿子的手，我们一起往外走去，我走在后面。外面刚刚下过雨，路上都是积水。看着前面的妻子和儿子，我忽然失声痛哭，一边哭，一边自言自语了一句：我感到好像时光倒流了。

我哭得好凶，根本止不住。

就这样，我把自己哭醒了。醒来后，我还忍不住抽泣。

在这个凌晨时分。

这几天，妻子不在家，出差去了。儿子也不在家，他自从今年4月份工作后，就很少回家，他的单位就在杭州，离家不到十公里，他却在单位边上租了个房子。他的房间，一直空着。就在几个月前，他和他妈妈闹了矛盾，很深的矛盾，至今也没有化解。我多次试图劝和他们，没能成功。

现在，却瞬间化解了。儿子亲了妈妈，妈妈拥抱了儿子。我看到这一幕，真是开心得不得了。

我不知道为什么会做这么一个梦。儿子今年已经27岁了，还有5天，就是儿子的生日了。他长大了，我好开心。儿子说，生日那天，他准备再送给妈妈一束鲜花。他工作后，已给妈妈送过两次花，有一次，却被她妈妈扔了出去。他妈妈不肯原谅他。

儿子昨天在微信里跟我说，明天打算回一趟家，遛一下花花。花花是我们家的狗，儿子高考后硬缠着我们养的，不久他就去外地读大学了，我们帮他养了它8年。他不知道他妈妈出差了。我告诉他，你妈妈出差不在家，我也可能有事不在家，你遛花花时，记得牵牢它。花花是一条大狗。

亲爱的儿子，大概从你上小学2年级开始吧，我就没有抱过你了，我已经差不多20年没有抱过你了。今天凌晨，我在梦中再一次抱了你，紧紧地抱了你。即使在梦中，我也意识到，那是时光倒流了。我是因此才痛哭的吗？

此刻，我把自己哭醒了。我睡不着了，第一次这么早就睡不着了。我在手机上敲下这些文字，一次次泪流满面……

每朵花本应芬芳

//

一帮年轻的父母聚在一起，话题不知不觉扯到孩子身上，有人提议，每个人讲个自己孩子有意思的桥段。提议得到了一致赞同。要说自己孩子的趣事，谁不是几箩筐也讲不完啊。

一位妈妈先讲了自己2岁半宝宝的故事。她说，自己的宝贝女儿非常调皮，带她的外婆根本对付不了。有一天，她正在上班，宝宝又在家里淘气了，她就打电话回去，想吓唬吓唬她，于是故作严肃地对她说："你要是不乖，等会妈妈回家了，一定要给你点颜色看看。"女儿不吱声了，哈哈，一定是被唬住了。没想到，过了一会，女儿突然嗲嗲地说："妈妈，你别忘了，宝宝喜欢的颜色是粉红色哦。"

多可爱的妞妞啊。众人都笑翻了。

另一位妈妈接着说。她家的宝宝，是个不到三岁的男孩，似乎有问不完的问题。这不，问题又来了："妈妈，为什么地球在转，我们却感觉不到呢？”妈妈想了想，告诉他：“那是因为我们很小，地球很大，所以感觉不到。”儿子说：“但是我有个办法可以感觉得到它在转。”说完就在原地转起了圈圈。一连转了十几个圈，最后东倒西歪地停了下来，晕晕乎乎地说：“妈妈，我现在感觉到地球在转了。”

多伶俐的孩子啊。众人笑得也是东倒西歪。

一个爸爸接了茬。那天，带四岁多的儿子骑车出去玩，骑到半路上，突然下起了雨，仲秋的雨，打在身上，已带有丝丝寒意。慌乱之中，赶紧拿出雨披穿上，怕儿子淋雨，所以，用雨披将坐在后座上的儿子挡了个严严实实。儿子躲在雨披下面，两只小手将雨披撑起一角，高兴地大叫：“包头雨，今天下包头雨！”

多乐观的孩子啊。众人纷纷竖起了大拇指。

一位妈妈笑着讲起了儿子的一桩糗事。2岁多的儿子在拉便便，突然，放了一个响屁，站在一边的奶奶故意逗他，佯装嫌恶地问：“宝宝，你刚才是不是放屁了啊？”儿子抬起头，想了想，很镇定地回答道：“不是的。是我的屁股在唱歌呢。”

多幽默的回答啊。众人笑得前仰后合。

前面一位妈妈又补充了一件自己孩子的趣事，孩子刚上幼儿园的时候，午睡时间到了，幼儿园老师让孩子们上床睡觉。可是，儿子翻来覆去，就是睡不着，老师问他：“为什么还不睡觉啊？”这小子看着幼儿园老师，一本正经地回答：“我是来幼儿园学本领的，不是来睡觉的。”

大家七嘴八舌地谈论着，交流着，发生在孩子身上的每一件事，都是那么有趣，那么可爱，那么温暖，孩子使他们原本平淡的生活，充满了变化，也充满了快乐。

我静静地听着他们的讲述。我的孩子，今年已经读高中了，即将迎来人生中最重要最艰难的考试——高考，一天24小时中，除了睡觉和吃饭不得不“浪费”（儿子的原话）掉的八九个小时外，他的全部时间都用在了看书和大量的习题上，他甚至连和我们说句话的时间和精力都没有了。而我们，因为害怕打扰他，在家里走路都是小心翼翼地踮着脚尖的。看着眼前这些年轻的父母们，我忽然想，我的儿子，在他年幼的时候，也是充满童趣，活泼、调皮、可爱、搞怪，给我们带来无数的欢笑和温暖，从什么时候开始，这种生活变得如此沉闷、如此压抑的呢?

忽然明白，每一朵花，都本应芬芳、灿烂、快乐，是我们自己先掐灭了孩子的天性，也掐灭了自己的快乐啊。那么，我眼前这些年轻的父母们，在不久之后，他们会不会也和孩子同时一步步地失去快乐的童年、少年和青年呢?

我希望永远能够嗅到花的芳香，不知道这能不能做到?

世间最温暖的归途

小时候，我最熟悉的村庄，除了我们自己村，就是严庄。

严庄离我们村十来里山路，这中间，还有四五个村庄，除非太渴了，或者突然下大雨了，奶奶才会牵着我的手，走进其中的某个村庄，讨口水喝，或者在谁家的屋檐下躲躲雨。大多数的时候，奶奶都是领着我，直接从我们村，径直走到严村，仿佛一路上那些村庄都不存在似的。可我更愿意在有个村停下来，那个村有一棵很大的枣树，赶到枣子成熟的季节，你总能从树下的草从里，找到一两颗被人遗漏的枣子，甜得透心。可是，奶奶不让我停下来找枣子，她不是说枣树还没开花呢，就是说枣子早被人家用竹竿打光了。就算没有枣子，走了这么远的山路，是不是也该歇歇脚了？奶奶笑着说，我一个老太婆都不累，你个小娃子累什么？拽着我，继续走。

只要是去严庄，奶奶总是很急迫的样子，出了家门，往严庄的方向走，她的脚步就变得又碎又急，一刻不肯停下来。从我记事起，她第一次领着我去严庄，就一直是这样。但我一点也不觉得严庄有什么好玩的，严庄比我们村还小，房子比我们村更矮更破，如果不是年节，在严庄我吃到的饭菜，比我们家的还难以下咽。严庄唯一吸引我的，是一个比我奶奶更老的老太婆，她有时候会偷偷塞一块蜜饯什么的给我，如果不是蜜饯的甜蜜让我实在无法抗拒的话，我真不愿意从那双干巴巴，又黑又脏的手上，接过任何东西。她脸上的褶子，比我奶奶的还多，她的腰杆，比我奶奶还佝偻，走路的时候，低垂的脑袋，差不多触到地了。她的牙齿掉得差不多了，嘴巴几乎完全瘪进去了，讲出来的话，就跟从一个破风箱里发出来的一样，又沙又哑，反正我既听不清她说什么，也不乐意跟她说话。

奶奶却跟她有讲不完的话。奶奶赶了十几里的山路，当然不是来跟她说话的。大多数的时候，奶奶来到严庄，比在家里还辛苦，奶奶要帮那个比她更老的老太婆下地干活，要帮她将被子衣服全部洗一遍，冬天的话，还要用塑料皮围个圈，帮她洗个热水澡。整个白天，奶奶都在不停地忙碌，只有到了晚上，奶奶和那个比她更老的老太婆，钻进了一个被窝，两个老太婆，开始讲话，她们说的话，我一点也不感兴趣，在严庄，这个又矮又破又小的房子里，我躺在两个老太婆中间，被两个苍老的声音裹挟，无聊透顶，无趣之极。从矮墙的破窗看出去，能看到满天繁星，这两个老太婆说话时，喷出来的唾沫星子，肯定比天上的星星还多还密。有一次，我在睡梦中，被一阵吃吃声惊醒，原来是两个老太婆，不知道说起了什么，笑出了声，笑得腰更弯了，在被子里蜷成一团。我在两个佝偻的腰之间，吃力地翻了个身，不满地嘟囔了一句，又沉入梦乡。多年以后，我在睡梦中被什么声音突然惊醒的话，还会忍不住回想到小时候的那一幕，奶奶和比她更老的那个老太太，在深夜的土炕头，所发出的吃吃笑声。奶奶留在我记忆里的声音不多，且大多越来越模糊，唯那夜的笑声，仿佛镌刻在了我的脑海深处，清晰，深刻，不时迸发出来。

每次跟奶奶去严庄，我们一般只会住一晚，第二天就得往回赶。奶奶将我带来了，家里还有两个更小的妹妹，她们也需要奶奶照顾。比奶奶更老的老太婆，拄着一根树棍子，将我们送到严庄的村口。奶奶让我喊她太太，跟她道别。每次去严庄，第一眼看到她的时候，我喊她一声太太，走的时候，再喊一声，这差不多是我和她的全部交流了。我可不像奶奶，跟一个比自己还老的老太婆，也有讲不完的话。从严庄回自己的村庄，我总是走在前头，按我奶奶的话说，跑得比兔子还快。奶奶不一样，奶奶走出严庄的时候，脚步总是拖拖沓沓，好像严庄的土，粘她的脚一样。直到走过了严庄后面的一个村庄，回头看不见严庄了，奶奶才突然加快了脚步，出来一天了，我们自己家里，有太多太多的活，等待奶奶回来忙乎呢。

有一次，爸爸急急忙忙对我和妹妹们说，快，我们去严庄。奶奶已经去了几天了，这是我印象中，奶奶唯一一次没有带上我，一个人去了严庄。为什么突然又让我们全部去严庄？爸爸说，太太没了。我不知道什么叫没了，是走丢了吗？她都那么老了，还能走到哪里去？再说，奶奶这几天不是一直在严庄吗？她怎么没有看住比她还老的老太婆，让她走丢了呢？

到了严庄，奶奶看到爸爸，突然放声大哭。我很少看到奶奶哭得这么伤心，这让我害怕。我看到那个比我奶奶还老，我喊做“太太”的老太婆，干瘪地，直挺挺地，一动不动地躺在床上。那是每次我和奶奶来严庄，所睡的土炕。

这一次，我们全家在严庄，住了几晚，直到将比我奶奶还老的老太婆安葬。

从严庄回来，我们一家人默默地行走，走到半路，奶奶突然停下来，回头看了一眼，“哇”地大哭。我们都停下来，陪着奶奶。奶奶摸着我的头，抽抽搭搭地说，“奶奶再也没有妈了，奶奶没有家了……”

那一年我6岁，我不能理解奶奶的话，我们不是有家吗？

24岁那年，我的爷爷去世，31岁那年，我的奶奶也去世了。我是在爷爷奶奶奶奶身边长大的，爷爷奶奶的家，就是我的家，没有了爷爷奶奶，在那个从小长大的村庄，我就再也没有家了。而那个严庄，我更是很多年没有去过了，它和我的村庄一样，永远地留在了我的记忆深处，那里，曾经有奶奶回家的路，也有我回家的路，它们，曾经是奶奶和我，在这个世间，最温暖的归途。